U0806385

主妇、舞者与牧师

七 国 女 性 纪 实 故 事

马蜂窝 王家敏 / 主编

中信出版集团 | 北京

图书在版编目（CIP）数据

主妇、舞者与牧师：七国女性纪实故事 / 马蜂窝，
王家敏主编 . -- 北京：中信出版社，2019.7
（旅行美学）
ISBN 978-7-5217-0458-7

Ⅰ. ①主… Ⅱ. ①马… ②王… Ⅲ. ①纪实文学－作
品集－中国－当代 Ⅳ. ① I25

中国版本图书馆 CIP 数据核字 (2019) 第 079039 号

北京蚂蜂窝网络科技有限公司作为“旅行美学”图书商标所有人
全权处理与本书版权相关的所有事宜
本书仅限中国大陆地区发行销售

主妇、舞者与牧师——七国女性纪实故事

主　　编：马蜂窝 王家敏
出版发行：中信出版集团股份有限公司
（北京市朝阳区惠新东街甲 4 号富盛大厦 2 座 邮编 100029）
承 印 者：北京尚唐印刷包装有限公司

开　　本：787mm×1092mm　1/16　　印　　张：17　　字　　数：80 千字
版　　次：2019 年 7 月第 1 版　　印　　次：2019 年 7 月第 1 次印刷
广告经营许可证：京朝工商广字第 8087 号
书　　号：ISBN 978-7-5217-0458-7
定　　价：88.00 元

版权所有 · 侵权必究
如有印刷、装订问题，本公司负责调换。
服务热线：400-600-8099
投稿邮箱：author@citicpub.com

目录

旅行美学®
马蜂窝
关注微信公众号

这不是一次印证刻板印象的拍摄，

而是来自亲身接触的重新认识。

前言

一个失去性别的人

自2015年开始，在各种机缘巧合下，我邀请了7位身在海外的青年朋友，以纪实摄影的方式，记录了几位当地女性的故事。

我们在讨论拍摄主题时，首先以刻板印象为框架——在既定社会中，女性有其典型形象和生活模式——这使得讨论很快陷入了僵局。这次拍摄计划并不想重复“经典人设”以加深刻板印象，也无意寻找拥有非凡经历的“开挂人生”。在数月的讨论中，我们谈得最多的还是在旅行、旅居时认识的女性朋友，她们更为具体、更为亲切——因此，我们决定以朋友的身份记录她们的故事。

在拍摄过程中，我们再次审视了自己的观点，与其说这本书在讨论女性，不如说在讨论个人选择。性别、阶层和社会环境常常能为个人选择提供合理的解释，但“女性”这个身份是准确并稳定的吗？

在古巴和瑞典的故事中，我们试图讨论“女性”的范畴。“女性”代表了一个共同身份，但这并不是一个绝对的意指。如同丹尼斯·瑞里（Denise Riley）在《我就是那个名字吗？》（*Am I That Name ?*）中所表达的，一个人是女性，但这并不是全部——在不同历史、社会、政治语境中，性别的构建并不是一以贯之的。

在大部分社会中，女性被参照出来，依靠的是“男性 / 女性”的二元框架，在家庭和社会生活中，女性也常常受限于这个框架。而对于跨性别者、同性恋者，人们将以新的性别定义来讨论身份的构建。

在古巴的故事中，54 岁的路易斯是一位跨性别者，他在我们的镜头前换上了演出服，出现在老城的邻居面前。路易斯并不想强调“女性化”的外在装扮——他从小内心就觉得自己是一个女孩，并在 22 岁时下定决心离开家乡，到向往的首都哈瓦那做一名舞蹈演员。

在瑞典，我们认识了安娜和尼娜，并一同参加了乌普萨拉大教堂的礼拜。她们是教会牧师、神学教授，还是一对已经注册结婚的同性恋者，两人同时戴着结婚戒指和神学教授的戒指。在家庭生活中，双方更像是基于平等关系的“联盟”。

当女性身份不再受“男性/女性”的二元框架所局限，我们开始思考：性别是家庭秩序中的重要元素，那些在同性恋家庭中并不适用的法则，是否也在挑战着异性恋家庭秩序的天然性？

自 20 世纪女权运动兴起以来，女性争取到投票权、同工同酬和自我实现的机会。在公共领域中，性别平权的观念逐渐得到认可，但女性的家庭角色定位难以动摇。异性恋家庭中，女性似乎有天然照顾丈夫和子女的行为，这可以通过原始的性别无意识来解释，但从根本上，这体现了社会和文化的无意识——“母性”成了女性的延伸属性，更像是一种“利于社会”的制度安排。《现代女性：失落的性别》（*Modern Woman: The Lost Sex*）一书认为，现代女性在社会领域与男性匹敌竞争，偏离了妻子和母亲的基本角色，因失去“女性气质”而精神紊乱，同时也影响了丈夫的“男子气概”和子女教育[1]，使得一些人呼吁女性重新树立贤妻良母的形象。多萝西 · 帕克（Dorothy Parker）则评论道：“那些将女人当成女人对待的书，我不敢苟同。无论我们是谁，我们都应该被看作人。”

在日本、埃及和印度的故事中，我们可以看到女性在既定角色上的困惑。日本社会中普遍出现的家庭主妇，有其社会经济背景。20 世纪 90 年代，有纪遵循了“寿退社”文化，结婚后即刻离职，成了一名家庭主妇。十几年后，有纪称自己为“兼职主妇”——她通过几份兼职，重新追寻自己的职业身份。随着后工业化时代不稳定劳务关系的出现，越来越多的日本女性选择在婚后继续工作。

在埃及开罗，马尔瓦是一位英文记者，她正在为改善家庭收入而努力——在获得英语翻译证书后，她准备参加口译证书考试，以便得到更多工作机会。马尔瓦在描述妻子和母亲的角色时，引用了一句玩笑话：“如果你想改变世界，就趁结婚前去做，因为结婚后，你连改变电视频道的权利都没有。”

在印度，我们遇到了幸运的佩尔，她的父母亲非常开明，不但没有重男轻女，还坚定地支持她的学业和梦想。2011 年 6 月，佩尔举办

1　详见菲迪南德·伦德伯格（Ferdinand Lundberg）和玫琳妮娅·F. 法纳姆（Marynia F. Farnham）著《现代女性：失落的性别》，1947 年，223—241 页。——作者注

了人生中第一场画展，并打算在婚后继续创作。“我不想跟传统印度女性一样，让自己的人生从被父亲供养变成被丈夫供养。”

相较上述国家，中国女性的就业率更高，但在数据背后，可能是一种“假平等陷阱”：女性向前一步，又潜意识地揽上了“双重责任”，以平衡职业与家庭为己任。当我们再度讨论性别平权时，需要男性、女性共同参与，放下身份及其既定角色——做一个失去性别的人。

在法国和美国的故事中，我们可以看到“女性”的消解。对法国人而言，性别平权已是“上个世纪的话题”。这些年轻女性潜意识里不愿再被“女性美”这类话题所消费。按照盖尔拉的说法，“无论男人还是女人，都不应该从别人的眼睛里看自己，而是要用自己的眼睛看”。

黛娜来自以色列，其摄影作品聚焦于童年体验与文化冲突，她的身份困惑更多来自信仰而非性别，“我的家庭教育告诉我，不应该过分强调女性和男性的区别”。当黛娜来到纽约，这个似乎能消解并重构一切身份标签的城市时，她可以更自然地剥除性别身份，审视自己的人生选择。

这就是7位青年朋友在不同国家拍摄记录的女性故事，感谢所有为此书出版付出努力的人。另外，他人的故事并不能重构你的人生，但你的个人选择可以。

王家敏　2019年5月

日本

“兼职主妇”有纪

武玉江

自由撰稿人，曾任职于大象公会，2002—2013 年留学日本，立教大学政治学博士中退，现定居瑞典。

2015 年 10 月下旬的东京，初秋已过，天气晴好，空气中没有了残暑的湿热。台风季已基本过去，眼下秋高气爽，温度适宜，正是感受关东地区魅力的好时节。

这是我时隔两年后再次来到东京，在此之前，我曾在日本居住生活过 11 年半。从国内本科毕业后我先去了山梨县，之后去了东京，可以说一直混迹于关东地区。

后来由于家庭的关系，我离开日本去了北京。一位朋友来访，聊到拍摄各国女性生活的计划，我想到了“日本家庭主妇”这个话题，因为很多中国人对日本的女性，尤其是家庭主妇，抱有很刻板的印象。

聊这个话题时，我就想到了有纪（有紀）。我在日本读博期间，曾在大学的某个研究所里兼职做研究助理。有纪当时负责研究所的行政事务，我们一起共事了三年多，成了私交很好的朋友。有时下班后，我会带几位同事去中华料理店吃西南菜，喝点儿中国白酒，通常会有她。当我告诉她，我想以她为主人公，拍摄一组关于日本女性的照片时，她认为自己很普通，犹豫了很长时间，才答应了我的请求。

一

有纪邀请我到家里做客，那天的午饭是意式番茄肉酱面和南瓜牛奶羹。已经在厨房里忙活了半天的有纪开始有些不耐烦了，她朝着女儿的房间喊道："树理，树理……快过来帮我一下！"

"好的，我马上就来。"树理在房间里应道。

可直到午饭快做好时，树理才出现在厨房旁的客厅里。

"有什么可以帮忙的吗？"

"你帮着收拾一下餐桌吧！"有纪有些无奈地说。

今年20岁的树理在上大二，一直住在家里，过着走读的生活。她今天没课，早上起床后就一直宅在自己的房间里。

母女俩随意地边聊边吃，午饭后，树理又回到了自己的房间。有纪起身沏了壶茶，黄绿色的茶水穿过金属滤勺流入杯中，房间里飘荡着日本绿茶特有的略带苦涩的香气。

有纪和我聊起了她的工作，自由撰稿人是她的兼职之一。今天上午，有纪在餐桌上为一家美食网站写了一篇餐厅及美食评论的结尾段落。在网络媒体盛行的当下，为它们写稿却不是一件好差事——网络写手的薪资低得可怜，"时间和精力的付出与拿到的薪酬完全不成比例，没有作为一份兼职继续下去的可能性"；同时，赶稿时的工作强度也很高。尽管如此，有纪仍然对这份兼职抱有期待。"有了一些资历和人脉后会好很多吧！毕竟，我才入行没多久。再者，文笔好的写手终究还是少数吧！"

停了一会儿，她又聊起了前些天发生的一件事。

“两周前的一个早上，我忘了树理要去打工，没叫她起床。等她醒来的时候已经快到工作的时间了。”有纪的脸上带着轻松的笑容，“她出门的时候冲着我喊道：‘你这是弃养我（育児放棄）！’”树理对有纪这样说，一半是抱怨一半是开玩笑。

“她今年就满 20 岁了，不过有些方面还像个小学生似的！”

母女的感情很好，不仅时常一起购物，树理寒暑假时有纪也总爱带女儿去欧洲旅行。去欧洲旅行是有纪的爱好之一。

“他们爷俩也可以充分享受一下属于他们的二人世界。”有纪还有一个正在上高二的儿子。

1967 年出生的有纪保养得很好，不像是个年过五旬的人。除了新婚后因丈夫工作调动在北海道的札幌生活了 4 年外，她一直住在东京，是个地道的东京人。自 1994 年结婚后，27 岁的有纪便开始了相夫教子的主妇生活。在札幌居住的 4 年里，女儿和儿子相继出生。到 2007 年为止，有纪一直是全职主妇。之后随着孩子的成长，抚育工作量的降低，有纪开始外出从事一些兼职工作。

有纪现在做着三份兼职——区议员个人事务所的行政助理、课后补习学校的前台，以及自由撰稿人。但需要说明的是，有纪现在的职业仍是“家庭主妇”，至少税务局的职业登记栏里是这样写的。但从收入上说，她有自己的兼职收入，所以算是“兼职主妇”。

从下午2点半开始，有纪有一份兼职工作。在洗漱间简单补妆后，有纪敲开了女儿的房门，向女儿简单地交代了几句后，就换了身衣服，匆匆离开了家。

工作地点离家不远，骑自行车七八分钟就能到。自行车停车场就在公寓楼旁，上下两层的停车库整体看上去既规整又有序。有纪居住的公寓楼坐落在一片以独栋住宅为主的住宅区里，这里地处东京都西部的练马区，是东京23区中人口第二大的区（2010年全区人口71.6万），居民以城市中产为主。这里的治安状况很好，2014年人均刑事犯罪率是东京23区中第二低的。

我们来到了一家面向初高中生的课后补习学校，有纪在这里负责前台接待和部分行政工作。她从去年开始在这里工作，每周工作两天，工作时间一般是下午2点半到晚上9点半。虽然时薪不高，但离家近、工作强度不大以及校长为人厚道是她选择这里的原因。

二

11年半的日本生活，让我的日常行为中混杂了很多日式社交和文化礼仪。比如，与人打招呼或表示感谢时，我总会自然而然地点头弯腰，甚至在接电话时也会不由自主地低头。

我的母亲来过日本两次，她爱用“很文明”这样的词汇来形容日本人对规则的遵守，以及在公共场合中所表现出的谦让和内敛。同时，她会不时为日本女性的“低下地位”而叹息，她很不理解为什么接受过大学教育的日本女性在结婚后会纷纷离职做家庭主妇。

在她看来，做家庭主妇是完全依附于男人的生活方式，可是“光靠男人怎么行呢”，女性“最起码经济要独立才行”。我知道，母亲作为第一代接受新中国教育的城市女性，形成了“女人应该自立自强”“妇女能顶半边天”的思想。她们那一代人对于拥有一份自食其力的工作，并取得经济上的自立有着很强的信念。在她看来，经济上的自立不仅是家庭中男女地位平等的基石，也意味着社会人格的独立，意味着被认可、被尊重。

但作为一个曾在日本居住过多年的人，我并不觉得日本的主妇们缺乏社会人格的独立或不被尊重。毕竟，社会价值观是一个相对的观念。若站在一个认同日本社会文化的角度观察日本主妇的生活，你会发现，其实她们并不只以丈夫和孩子为中心。她们有独立于家庭之外的社交圈，有属于自己的兼职工作和爱好，也会参加各种各样的社区或社会公共活动——有纪便是这样的女性。

有纪出生于东京的一户中产家庭，父亲是国家部委的公务员，母亲是受过教育的东京本地人，婚后一直是全职主妇。“我是家里的老二，有一个姐姐和一个弟弟。你知道，家里有三个孩子的话，父母的注意力会更多集中在老大和老三身上，对我的管教就不是那么严格了。我自己也觉得，比起姐姐和弟弟，我在成长过程中得到了更多的自由。”

比起同龄人，有纪总觉得自己更任性或者更敢想敢做（不过，日本人所说的“任性”和中国人理解的“任性”是大相径庭的，有“没那么能干，只是由着性子做”的意思）。有纪用“任性”（我がまま）一词来形容自己的性格，当然多半带着自谦和调侃的意味。认识有纪6年多了，在我的印象里她是个谈吐得体、很有修养且热情成熟的女性，为人处事总是推己及人，很有分寸感，用“知礼谦让”这样的词来形容她一点儿也不过分。

1991年，有纪从东京立教大学（该校学生的家庭背景以城市中产和中小企业主为主）的法语系毕业后，进入了一所大型综合商社，在人事部海外人事处任职。1994年，她与公司同事相恋两年后结婚，随即辞去工作，随丈夫搬到了北海道的札幌市，开始了主妇生活。

其实当时有纪并没有结婚的打算，可是“我家先生3月底接到公司的通知（日本的工作年度一般从4月开始计算，到次年的3月为止。学校的新学期也从4月开始），4月初就要调任北海道，而且去几年也不知道。一想到要远距离恋爱，我们两个对以后的交往心里就没了底。毕竟已认真交往了两年多，我们权衡了一下，就把婚事定了下来”。

“我们公司的文化在全日本都属于很保守的那种，虽然没有明文规定，但如果女员工结婚，公司就默认你应该主动离职。当然，如果你选择悄悄地结婚，不告诉公司和同事，也没什么问题。不过，我们这是‘社内结婚’（夫妻双方都属同一公司），不可能不告诉公司。我们4月初办完结婚手续后，我先生就去了札幌，我把辞职的手续办完又开始忙搬家，忙了近半年才过去和他会合。”

三

在日本，女性因结婚而离职被称作“寿退社”，“退社”就是“离职”的意思，而“寿”有“祝福”之意，在日文汉字里多是用来祝贺老人的。日语这样指代，大概就是将女人的幸福与婚姻画上了等号，有圆满之意。

女性在婚后成为家庭主妇并不是什么特殊的社会文化，截至20世纪中叶，全世界大多数地区的女性都会在婚后成为家庭主妇，比如1949年之前的中国，又比如一些传统的穆斯林社会。需要指出的是，那时绝大多数家庭是从事农牧渔林业、小型手工业或是小规模商业的。婚后的女性除了生育和抚养后代外，还需承担以家庭为单位的生产经营活动。其实当下中国农村家庭和城市个体经营户的生活状态，也还基本维持着这种情况。

当然，当时也有一小部分婚后不用参与家庭经营活动的女性，她们大多来自（或嫁入了）所属社会的“高阶层”家庭，比如高级官宦家庭、地主乡绅家庭。这类女性不但不需要工作，还会有“丫鬟”来服侍她们的生活。

现代意义上的“主妇”，则是伴随工业化社会以及城市中产阶级的出现而产生的。换句话说，随着城市工薪阶层的收入提高到一个人的薪水可以养活一个家庭的时候，现代意义上的“家庭主妇”就出现了。她们的主要工作是照顾家庭成员的生活，既无须从事传统的家庭生产经营活动，也没有“丫鬟”服侍。

在日本，现代意义上“家庭主妇”的大量出现大概从 20 世纪 60 年代开始，伴随着日本经济的第一个高速增长期。从统计数据上看，1965 年日本的制造业从业人数开始超过了农林水产业的从业人数，日本开始正式进入工业化社会。从 1994 年一直到现在，日本的服务业从业人数超过了制造业从业人数，这也意味着“后工业化社会”的到来。

后工业化社会是个很大的概念，在这里我们只提及与本文内容关联的特征。借助图 1，我们可以清楚地看到在 1975 年、1980 年和 1995 年三个时间点上，日本女性的就业率在 20—24 岁后有一段明显的快速下滑期，当然，下滑的幅度在逐年降低。这意味着有很多女性会在这一年龄段结婚，并在婚后离职成为家庭主妇。与此同时，在生儿育女告一段落后，很多女性会再次参加工作，因此在 45—49 岁这一年龄段出现了一个就业率高点，且就业率逐年增高。在此后的年龄段中，就

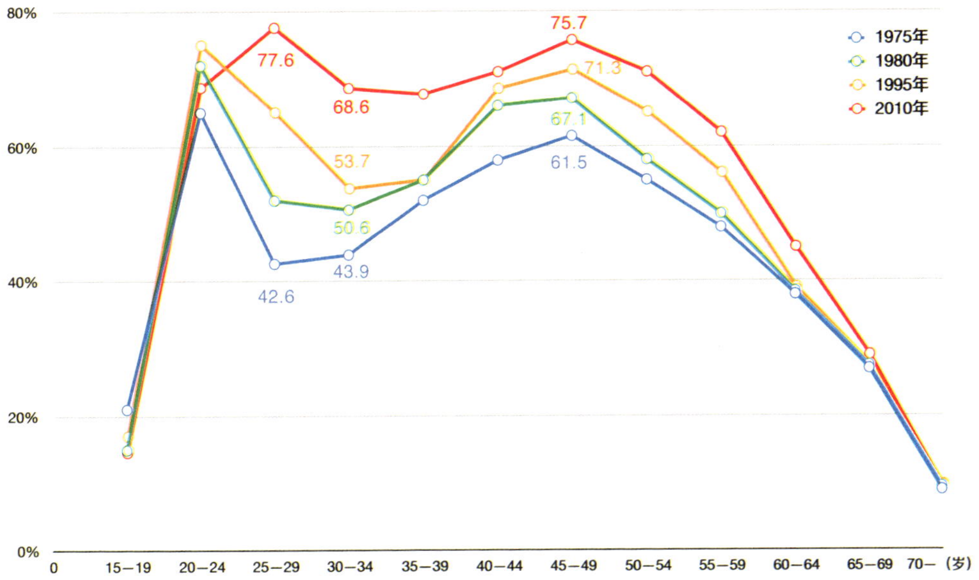

图 1 日本女性就业率的推移 （资料来源：日本总务省劳动力调查报告）

业率再次逐步下落，使得整条曲线呈“M”状。

而 2010 年的“M”曲线的曲度，与之前年份的曲度相比要弱化了很多，那年就业率的第一个高点出现在 25—29 岁的年龄段，达到了 77.6%，主要原因是日本女性初婚年龄的推迟（2014 年日本女性的平均初婚年龄是 29.4 岁，而 1995 年是 26.3 岁）。达到第一个高点后，截至 30—34 岁，就业率的下滑幅度也没有上几次那么大，只有 9%，说明越来越多的女性在婚后仍然选择继续工作。45—49 岁女性 75.7% 的就业率也是同年龄段就业率的历史最高点，并和 25—29 岁年龄段的就业率基本持平。

这符合后工业化社会的特征之一，即生活方式和社会价值观念的多元化以及劳动雇佣关系的不稳定化。女性就业率的增高和第一次就业高点的后移，正是女性受教育程度提高、闲暇生活越来越丰富多样和婚姻观念渐趋多样化等因素的共同产物。与此同时，劳动雇佣关系的不稳定——劳动者长期正式雇用率的降低和非长期、非正式雇用率的不断提升，导致家庭经济收入的不稳定程度加大，使越来越多的女性选择在生育后重新回到就业市场。同时，日本开始建设育儿支援体系，比如东京的在职妈妈雇用婴儿保育或保姆时，可以得到补助金。

通过图 2，我们可以更清晰地看到，日本双薪家庭的比例从 1997 年就开始持续超过单薪家庭，到 2014 年这一比例已达到了 21.4%。而男方工作，女方为全职主妇的家庭，到了 2014 年已降至 14.3%。

四

当了 13 年全职主妇后，2007 年，有纪开始考虑寻找一份兼职工作。

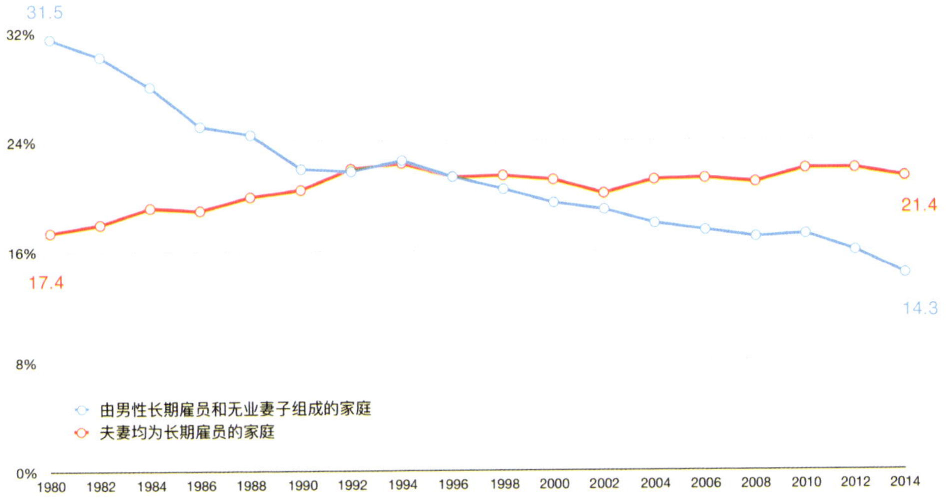

图2 日本单薪家庭和双薪家庭的比例推移（资料来源：日本总务省劳动力调查报告）

这倒不是出于家庭经济方面的考虑，有纪的丈夫工作很稳定，收入也足以让一家四口在东京过上体面的生活。有纪想重新工作的原因很简单——显而易见，长期以家庭为中心的生活会导致全职主妇社交机会减少，社交圈逐渐单一化。随着一双儿女长大，育儿的负担减轻，有纪发现自己已经无处打发逐渐增多的空闲时间了。再者，她也不是那种望子成龙，望女成凤，热衷于全方位关注孩子教育的妈妈。她期望可以找些事做，建立新的社交圈，让自己的生活有些新的尝试。

以有纪良好的教育背景和社交能力，以及曾在日本一流大公司工作的职场经历，寻找一份正式工作并非难事。不过，她并不希望自己再次成为一名征战职场的“职业女性”。她所希望的只是一份离家近、工作时间固定、工作量和工作强度不大的兼职。

有纪的丈夫会有经常性的加班及各类公务接待任务（日本的公司很少会设专职人员负责接待）。“晚上 12 点以后才回家是很经常的事，他每周都有三四天要陪客户吃饭喝酒，也就是像我这样在同一个公司工作过的人，才可以理解并接受他的工作，换了别人早就受不了了！”

丈夫在家的时间非常少，家务和孩子的教育基本是指望不上他的。而孩子的祖辈们年事已高，也不住在附近。“我父母都已经 80 多岁了，特别是我父亲，这几年身体也一直不好。我现在每周去看他们两次，每次会帮他们买买菜，收拾一下房间什么的。从我们家开车过去大概要 40 分钟，还不算远。我父母一直是我弟弟在照顾，他没结婚，所以一直和父母住在一起。”有纪说。

“还好我弟弟可以照顾父母，这样我才可以抽出时间忙些自己的事。”有纪所遇到的问题，和中国的中年人所面对的很相似：上有老下有小，两头都要顾。在忙完孩子、父母和丈夫的事后，留给自己的时间和精力已所剩无几。

在家附近的银行工作了一年后，2008年，有纪通过人力资源公司介绍，找到了一份在大学内某个研究所处理行政事务的工作。研究所规模不大，没有专职人员，一年里会举办二三十场学术活动，有纪需要负责所里所有的行政工作，包括外联和财务。在有纪进入研究所的一年后，我也在这里开始了研究助理的兼职工作，我们一起共事了三年多。

研究所有20多名研究员，大多由校内各院系的教授兼任。研究所会从各国邀请各类学者举办学术活动，很多活动的前期准备工作是需要用英语沟通的。有纪的语言能力和沟通协调能力在这里得到了充分的发挥和展示。但是，研究所的预算有限，有纪的身份只能是非全日制职员，每周工作三个全天，工资则按普通行政助理的时薪计算（和东京普通餐厅招待的时薪差不多）。所以在这里工作了5年的她，一直处于“干着白领专职人员的工作，拿着蓝领临时工的薪水”的状态。最终，由于研究所经费问题，加上有纪的劳动合同也到了期，从2012年开始，有纪渐渐淡出了研究所的工作。

也是在2012年，有纪通过一位教授的引荐，开始在东京都练马区区议员加藤木樱子的个人事务所工作。加藤木议员是一位出生于1980

年的独立议员（不隶属于日本的几大政党），27 岁便首次当选区议员，这在中老年人居多的日本政界挺少见。“改善市民福利，社区再建，关注弱势群体”，这些政治主张和勤奋务实的工作风格，使加藤木议员连续三次高票当选。

“你一开始接触她可能感觉不到，但是如果和她聊上 10 分钟，你肯定会感受到她的个人魅力，她的真诚、认真，还有对弱者的关怀。”有纪毫不掩饰自己对加藤木议员的喜爱和赞赏。

行政助理的工作很繁杂，不过工作强度不是很大，需要的是专注和细致以及良好的沟通能力。这份工作让有纪接触到不同类型的弱势群体，让她开始关注自己生活的社区和城市里的另一面——那些曾被她有意无意忽视过的群体和个人。她发现有很多出现在书本或电视新闻里的社会问题，其实就存在于她居住的社区。比如贫困家庭的生活、残障人士的看护和社会参与、独居及行动不便的老年人的照料等问题。

在理解并支持加藤木议员的工作和政治理念的同时，有纪开始找寻实现她个人社会价值的途径。她收养了一只被遗弃的猫，在此过程中，她也开始关注被遗弃宠物的安置问题。她发现很多被遗弃的宠物被行政收容后，最终的命运是被“集体处决”——收容一个星期，然后送到冷冻室，终结生命。这种处理方式让她觉得无法容忍和接受，却也无能为力。通过新闻报道，她也在关注福岛核电站泄漏事故造成的无人区内宠物和牲畜的命运。现在，她通过给相应的非政府组织（NGO）捐钱来表达她的关注和社会责任，她很希望自己可以在不久的将来参与到这样的社会活动中。

10月末，我跟随有纪来到了她父母家中，院子里的阳光很好。“我的爷爷出生在熊本县，他很早就过世了，奶奶在亲朋好友的帮助下将三个孩子抚养长大。我的父亲不负众望，考上了早稻田大学呢。”有纪一边跟我说着有关父母的往事，一边将掉落的银杏果收在桶里。

（文后照片由武玉江拍摄）

家庭主妇也有独立的社交圈、兼职工作和社会公共活动。

有纪在父母家的院子里。

有纪在厨房里准备午餐，她在沙拉里放了一只番茄。

今天的主食是意式番茄肉酱面。

2015 年 10 月 20 日，日本东京都练马区，有纪在自己家中调制番茄酱。她提前一天准备好了意大利面所需的番茄酱——番茄酱做好后在冰箱里放置至少一晚，味道会更好，有纪当然知道这个厨房里的小秘密。

有纪的女儿树理从屋里出来，等着吃午餐。

20岁的树理在上大二，一直住在家里，过着走读的生活。今天没有课，她在家里吃午饭。看到我时，她有些害羞地说："我没有化妆啊，千万不要拍到脸。"

母女二人一边吃午餐一边聊天。

有纪在准备饭后茶点，日本茶散发出略带苦涩的香气。

有纪在品尝自己泡的茶。

非常好了。

日本家庭常常用达摩许愿，祝愿孩子升学顺利等，先为达摩画左眼，心愿达成后再画另一只眼球。小达摩是有纪为树理的弟弟准备的，他还在读高中。

我在有纪家中看见了很多母女二人的旅行合影。以我的生活经验来看，母女俩能多次出国旅行，感情可以说是非常好了。

有纪、树理的埃菲尔铁塔旅行纪念品。

有纪的婚礼照和女儿 5 岁时过“七五三节”的留影。

门口贴的注意卡：注意关闭家里的水电气。

1994年，有纪结婚后辞去工作，开始了主妇的生活。在札幌居住的4年里，女儿和儿子相继出生。1998年全家人回到东京，直到2007年之前，有纪一直是全职主妇，当她找到第一份兼职工作后，认为自己可以被称作“兼职主妇”了。

下午两点半，有纪有一份兼职工作，她在房间门口跟女儿交代了几句，准备出门。

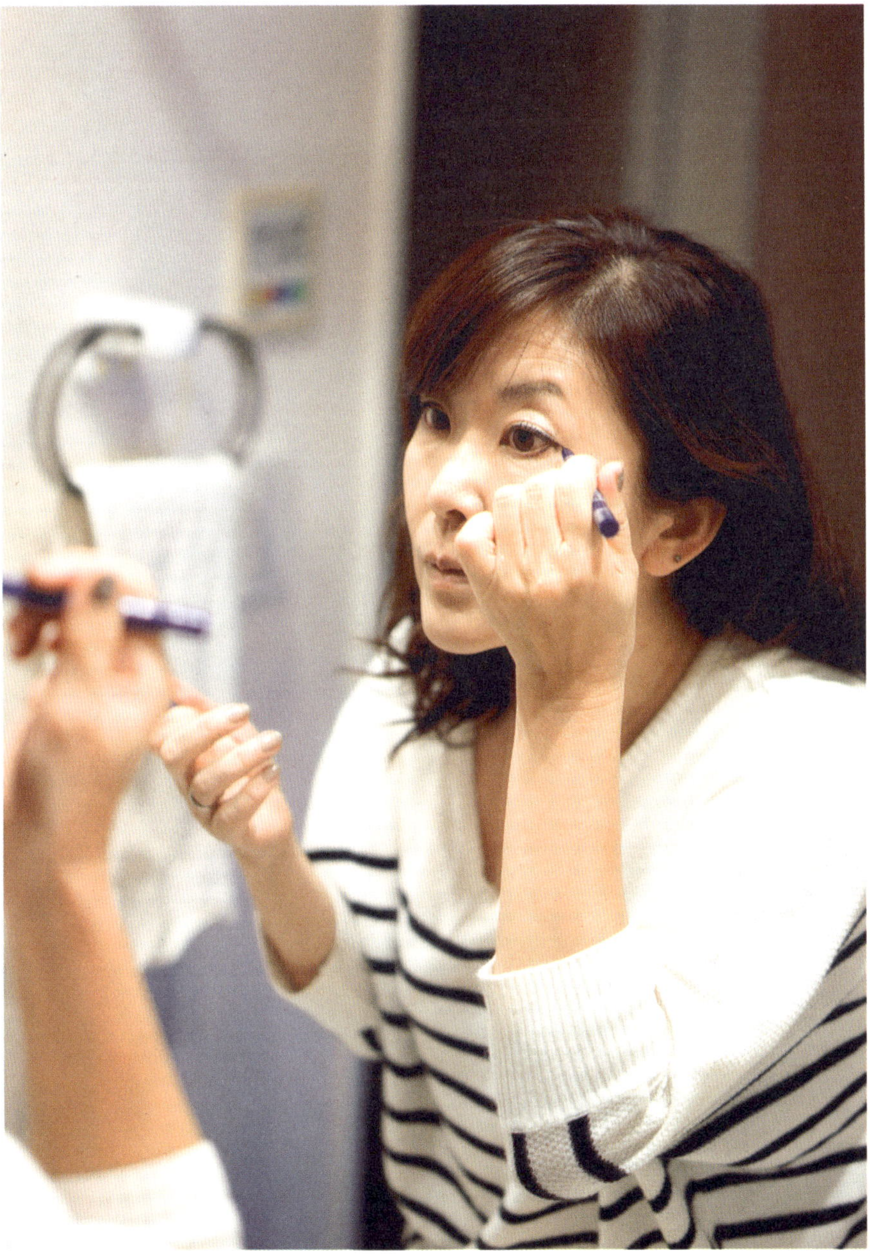

有纪在家中化妆。虽然每天早起后她都会化妆，但在下午上班前补妆仍然是必须的。

日本东京都练马区，有纪在公寓的停车场取自行车。

有纪居住的公寓楼坐落在一片以独栋住宅为主的住宅区里，这里地处东京都西部的练马区，是东京23区中人口第二大的区，居民以城市中产为主，治安状况很好。日本的公寓很少有常驻的物业或保安，公寓的卫生及基本维修多由公寓业主委员会雇清洁公司和物业公司维持和完成。

公寓住宅区内部的自行车停放处设有专用的自行车停放架。

2015 年 10 月 19 日，有纪在日本东京立教大学池袋校区一号馆旁，这里是有纪的母校。

目前有纪的身份仍是家庭主妇，但她先后有几份兼职工作：日本东京立教大学某研究所的行政事务助理、练马区区议员事务所助理，以及自由撰稿人。

日本东京立教大学由美国圣公会的牧师在 19 世纪中叶创建，至今已有 140 多年的历史。池袋校区内拥有多座建立百年的哥特式建筑，且均在使用中。此外也有 20 世纪 60 年代由丹下健三设计的现代风格建筑。

日本东京池袋站，有纪在回家途中。

在东京立教大学池袋校区兼职期间，有纪通常会乘坐地铁通勤。池袋站是东京的三大车站之一（另外两个是新宿站和涩谷站），由四家铁路公司运营。与此同时，池袋站周边现在已成为日本关东地区最大的华人聚集区，光是中式餐厅就有近 300 家。这里有日本规模最大的“地下百货街”——池袋西武百货街，其中约有 230 家店铺入驻，贩卖商品在一万种以上，光是提供土豆沙拉的店铺就有 8 家。

日本东京池袋站的地下超市内，有纪在挑选蔬菜。

2015 年 10 月 26 日，日本东京都练马区区议员事务所内，有纪和议员（前坐者）及另一名助理一起工作。

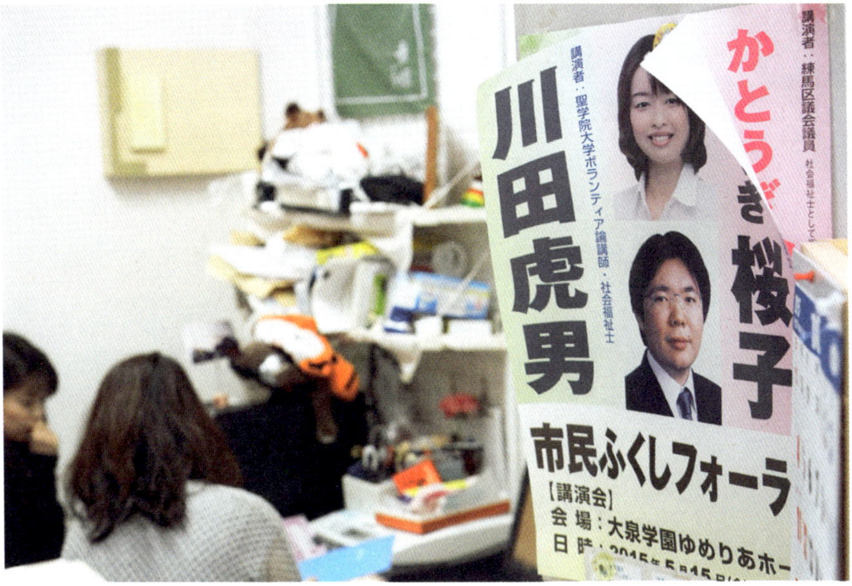

办公桌上摆放着区议员的名片。在日本，拥有卡通头像对于政治家来说是件很平常的事，几乎所有的事项都可以用漫画的形式来表达。

有纪的办公桌上有两本关于日本古代史的书籍，其中一本有部分内容其实是有纪撰写的，不过对于署名作者而言，她只是一个代笔而已。

有纪平时就在家中的客厅里写稿。

日本东京池袋站附近的一家越南餐厅内，有纪在午饭后品尝越式咖啡。咖啡很特别，杯底有一层厚厚的炼乳。

若站在一个认同日本社会文化的角度来观察日本主妇的生活，你会发现，其实她们并不只以丈夫和孩子为中心。有纪有自己的兼职工作，有基于兴趣爱好结识的朋友，也会参加各种社会公共活动。

日本东京吉祥寺的泰式餐厅内，有纪在和朋友聚会。

有纪和朋友在东京吉祥寺。

日本东京吉祥寺地区距离东京市中心很近，交通十分便捷，区域内各类商业设施齐全，既有大型百货商店也有由特色十足的小店组成的商业街，近年来一直是东京人气最高的居住区域之一。

有纪与朋友道别，准备回家。

有纪坐在父母家的院子里。

有纪的父母居住在日本东京都小平市，有纪时常来探望。有纪的父亲当年不负众望，考上了早稻田大学，并在毕业后进入国家直属部委工作，一家人得以定居东京生活。从出生到大学毕业，有纪一直住在这里，她熟悉这个院子里的一草一木。

有纪父母家花园里掉落的银杏果。

埃及

我的同事马尔瓦

潘超越

职业摄影师，现就职于某科技公司影像部门，曾作为摄影记者于2013—2016年常驻埃及，拍摄、报道中东地区数次人民革命后的社会动荡和变革。

马尔瓦是我在埃及工作时的同事，担任英文记者兼翻译，工作时非常干练。同时她也是一个孩子的妈妈，并计划着再要一个孩子。

我在埃及工作的那几年，正是埃及社会经历动荡的时期——历经人民发起的两次“革命”，政府更换了三任总统，引发了一系列连锁反应：国家经济下滑，社会安全堪忧，人民生活得不到保障，失业、失学、失信问题严重。社会上原本就突出的“男女不平等”现象，更是因为“革命”期间发生的几起性骚扰案件引起了公众关注，使得人们对隐藏在其背后的社会文化问题进行思考。换言之，对于一位现代埃及女性来说，如何寻找在个人、职场、家庭、社会和宗教等方面扮演的角色之间的平衡点，确是一件棘手的事。

生于 1980 年的马尔瓦·叶海亚·阿卜杜-卡里姆（Marwa Yahya Abdel-Kareem）来自埃及尼罗河三角洲代盖赫利耶省（Daqahliyah Governorate）的一个中产家庭，目前在埃及首都开罗从事英文记者的工作。与其他传统阿拉伯家庭不同的是，在马尔瓦家中，尽管她是长女，承担着照顾两个妹妹和一个弟弟的责任，但是家人从小就十分器重她，鼓励她求学，她也一直以优秀的学习成绩证明着自己的能力。大学选择了文学专业的马尔瓦，掌握了英语、法语两门外语，毕业后来到首都开罗，先在政府机关担任英语翻译，随后做了一名英文记者。

马尔瓦来到首都工作的事迹已经在家乡传为佳话，她在职场上积极进取的态度更是让家乡遵守教条、甘当家庭主妇或从事简单体力劳动的姐妹刮目相看。然而，马尔瓦也有职业女性的烦恼，作为记者，她曾多次遭遇宗教活动中某些“女性免入”的情况，进入总统府采访的机会也通常会优先分配给男性记者。这些限制对马尔瓦的收入和晋升都产生了很大的负面影响。同时，这也限制了马尔瓦原本积极外向的性格，迫使她无奈地选择在办公室里埋头写稿。

几年前，马尔瓦在办公室里遇到了现在的丈夫马吉德，两人志趣相投结了婚，随后生下了一个健康的儿子亚当。夫妻俩通过努力工作，用积蓄购买了新房。

在很多人看来，马尔瓦的婚姻是非常幸福的。但在与马尔瓦的几次交谈中，我却依然能感受到她在扮演妻子和母亲角色上的困惑。她半开玩笑地说：“如果你想改变世界，就趁结婚前去做，因为结婚后，你连改变电视频道的权利都没有。”

谈到丈夫马吉德，马尔瓦在蜜月行程和孩子教育两方面对丈夫存在抱怨：因为丈夫没有做足准备，蜜月地点从原本计划的土耳其改为埃及境内的海滨城市沙姆沙耶赫；丈夫似乎也一直对新生的孩子没有太多责任心，就连带孩子去游泳也半推半就。好在，她对丈夫不善言辞的内向性格有一点满意：至少他不会像很多埃及男人一样喜欢招惹女性。

当夫妻俩都无暇照顾孩子的时候，他们采用了一种似乎通用于全世界很多家庭的方式来解决问题：把孩子丢给父母。马尔瓦把母亲从乡下接到城市，在离家不远的地方租了一间公寓，儿子亚当平时和外婆生活在那里。

2015 年 7 月 17 日是伊斯兰教的“开斋节”，这意味着长达一个月的守斋期结束了。埃及的穆斯林参加完早上的聚礼后，便与家人一起吃团圆饭。我有幸在这个重要的节日里受到邀请，参与马尔瓦的家庭聚餐。

这一天，马尔瓦的母亲、妹妹、丈夫、儿子等家人都齐聚在这间租来的公寓里。我看到了马尔瓦作为一名阿拉伯家庭妇女的贤惠形象——她娴熟地收拾房间、烹煮饭菜，这与她平日自信、干练的职场形象形成了鲜明对比。当天的饭菜非常丰盛，马尔瓦高兴地为大家分盛食物，餐后还端出了精致的自制甜点。

我与亚当见面的次数不多，他给我留下的印象就是调皮，除了外婆，几乎无人可以管教他。也因为调皮，亚当三天两头就会被送进医院，擦药、缝针是家常便饭。可是，马尔瓦对儿子毫无责备，反而深感歉疚，她坚信这是因为孩子没有同伴太孤独了。

如果说以前人们生儿育女是为了增加劳动力和防老，那么现在多生的理由大多则是为了给孩子“找个玩伴”。出于这样的想法，马尔瓦和马吉德其实一直在尝试着为亚当生下一个弟弟或妹妹。但是，他们的计划并不顺利。2015 年 8 月，马尔瓦第二次引产，将死在腹中的胎儿埋葬。上次引产是在一年前，她因为生病，连累了腹中的胎儿；这次则是因为意外跌倒，使得羊水流失，导致了胎儿残疾。根据不可堕胎的教义，马尔瓦在跌倒后足足等待了两个月，直到胎儿自然死亡，才做了引产。

在此期间，马尔瓦曾多次前往离家 20 公里的私人诊所进行彩超检查，每次检查的费用高达 800 埃及镑（当时 1 美元约合 7.83 埃及镑），约占她每月收入的五分之一。她告诉我，那段时间“恐惧”占据了她的内心，相比之下，高额的费用、岌岌可危的工作和虚弱的身体状况已经算不上什么了。

好在没过多久，我就再次看到了马尔瓦的笑容。那天的阳光非常宜人，她要前往市中心的开罗美国大学，去见翻译课程的教授。如果一切顺利的话，她可以参加考试，并得到英语口译证书。大学毕业后，马尔瓦就得到了英语笔译证书，后来因为工作和结婚的关系，口译考试的计划搁浅了。如今，在她看来，社会形势趋向稳定，她个人也经历了一些不幸，是时候做些让人振作的事情了。按照马尔瓦的性格，即便得不到证书，她也能自得其乐，享受学习的状态。即便证书不能为她带来事业上的发展，马尔瓦也很满足，“至少可以再打一份翻译的临时工，为家庭增加收入”。

我最近一次与马尔瓦通话时，她正打车带着儿子亚当前往医院，据说这个小淘气又因为爬高摔伤了。我没有多问，只用一句穆斯林之间使用的问候语结束了通话：祝你平安。

（文后照片由潘超越拍摄）

埃及发生了许多变化，男人对女人的态度也该改变了。

在马尔瓦家中拍摄的肖像。

开罗市中心有很多墙上涂鸦，内容涉及革命、女性权利、哲学等。

马尔瓦大学毕业后来到首都开罗，做了一名英文记者，并在开罗美国大学的教授指导下准备英语口译考试。开罗美国大学位于解放广场旁的穆罕默德·马哈茂德街，这里曾是2011年和2013年两次“革命”期间激烈冲突发生最为频繁的场所之一，随后也成为不少艺术家创作政治题材涂鸦作品的聚集地。

马尔瓦走过开罗美国大学的外墙。

马尔瓦在办公室工作。

马尔瓦和她的丈夫一样，为了家庭收入而努力。马尔瓦的记者工作包括外出采访和在办公室撰写英文稿件。一方面，出于身体原因，她想尽量减少外出工作；另一方面，为了外出采访的补贴，她又想争取多跑，这使她处于一个两难的境地。

马尔瓦在写稿。

马尔瓦在工作间隙舒展筋骨。

埃及职场显然还存在着男女不平等的现象，作为记者的马尔瓦曾多次遭遇“女性免入”的情况，所以无奈之下，绝大部分时间她都在办公室内写稿。

工作讨论时，马尔瓦在查看埃及地图。

开斋节当天，马尔瓦与母亲和妹妹在母亲家中准备聚餐。

马尔瓦为大家分盛食物。

2015年7月17日的开斋节，马尔瓦邀请我参加家庭聚餐。开斋节、圣纪节和宰牲节是伊斯兰教最为重要的三大节日。与家人聚餐是埃及穆斯林庆祝开斋节的重要活动之一。

马尔瓦怀抱儿子亚当进行开斋节聚餐。

马尔瓦制作的饼干。

马尔瓦在开斋节聚餐后端出甜点。享用甜点和茶是阿拉伯人餐后的习惯，尤其是在节日期间。

亚当时常爬上爬下，很顽皮。

马尔瓦在开斋节聚餐后为亚当洗手。

马尔瓦的丈夫马吉德（左下）与儿子亚当在开斋节聚餐后玩耍。

尽管马尔瓦时常抱怨丈夫对孩子的事情不太上心，就连带着孩子去游泳也半推半就，但她的家庭关系还是非常和睦的。

埃及首都开罗，一家私人诊所。

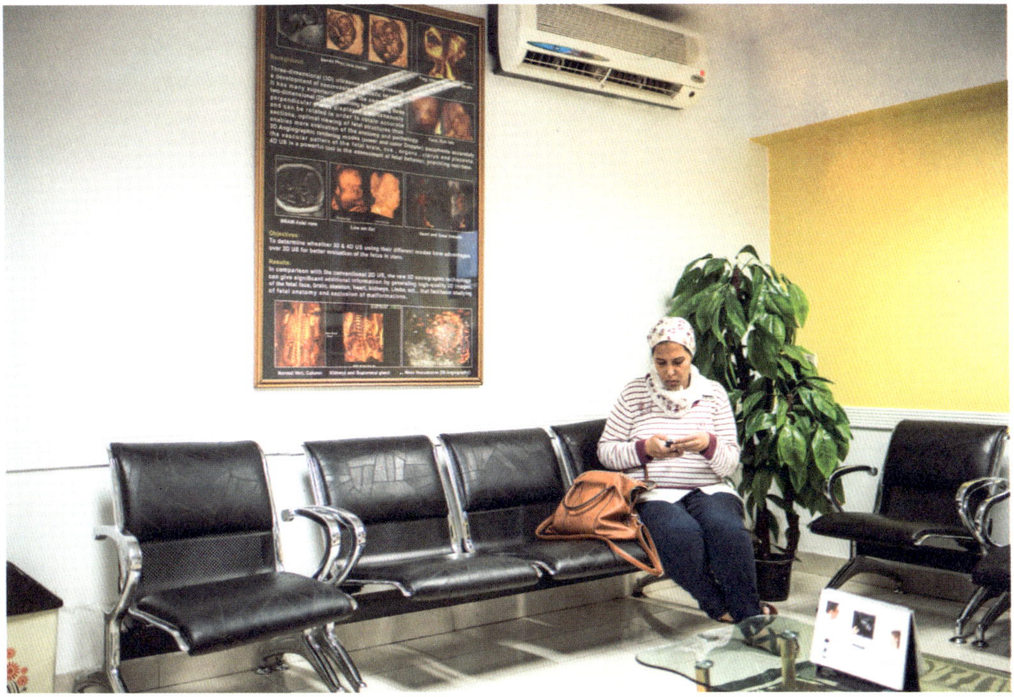

马尔瓦在诊所候诊。

马尔瓦对调皮的儿子毫无责备，反而深感歉疚，她认为这是因为孩子太孤单了。夫妻俩决定再生一个孩子，但计划并不顺利，马尔瓦已经先后两次流产，其间频繁前往诊所。

2015 年 8 月 12 日，马尔瓦在与护士交谈，当日她在引产前最后一次进行彩超检查。

马尔瓦在诊所内填写信息。

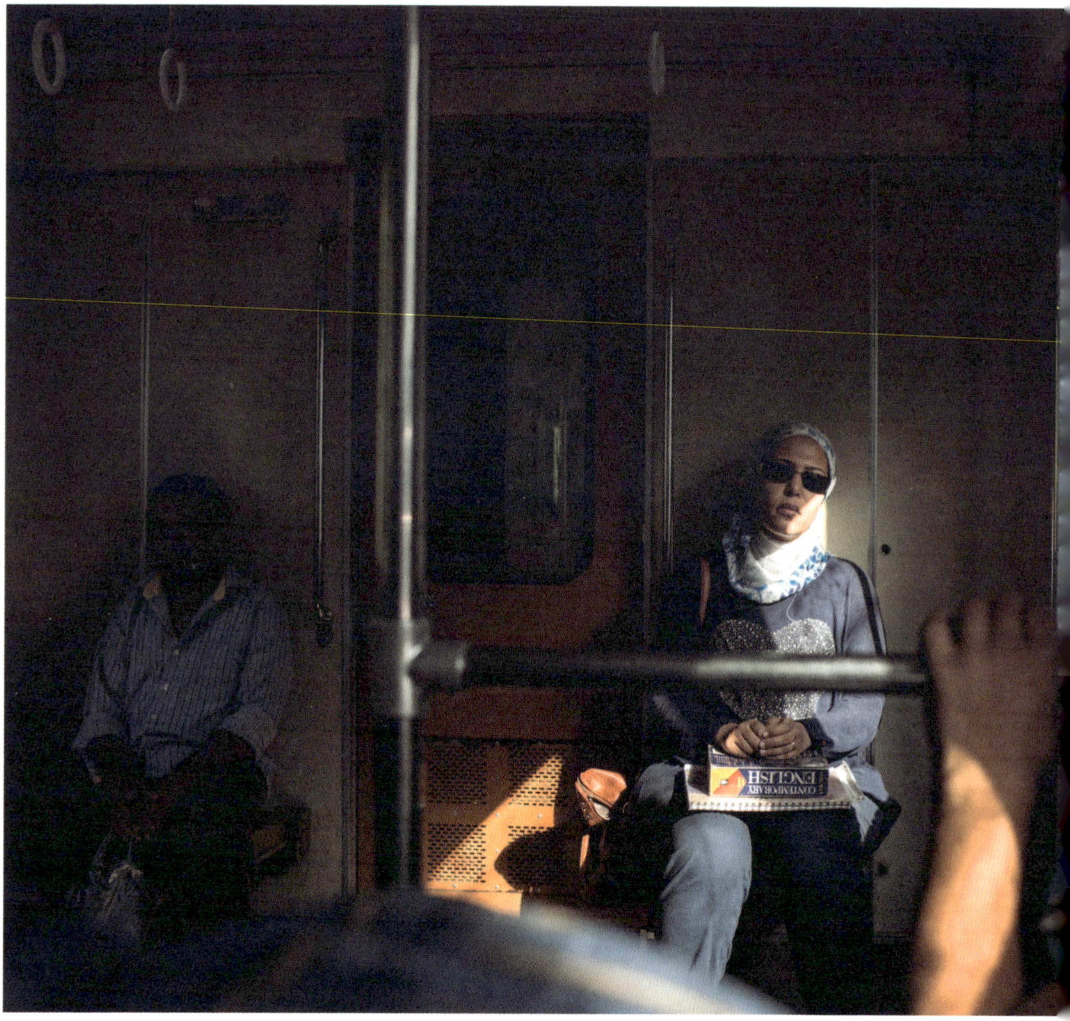

2015 年 9 月 27 日，马尔瓦乘坐地铁从家前往位于市中心的开罗美国大学。

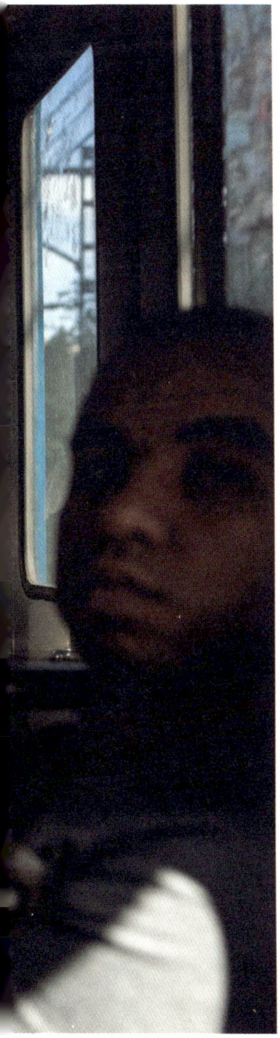

身体恢复后，马尔瓦重新投入学习，准备英语口译证书考试。她的课程内容涉及经济、政治、文化等多个领域。她说自己学习的不仅是翻译技巧，也包括知识本身，比如银行汇率等。

马尔瓦在地铁上查看学习资料。

马尔瓦在开罗美国大学校门前看书，等待教授前来。

2015 年 9 月 27 日，马尔瓦走过开罗美国大学的外墙。

Unlock your passion

法国

罗纳河畔的两个好朋友

刘耀楠

导演，编剧，毕业于北京师范大学、法国阿维尼翁高等艺术学院，曾为《武侠》《寒战》《寻找罗麦》等电影拍摄剧照，现与艺术家奥雷利安合作创办漫画公众号“亮的奥黑亮”。

在法国南部普罗旺斯地区的阿维尼翁，每年7月，奔着薰衣草花田和戏剧节而来的游客们就会将小城挤得满满当当——酒店爆满，餐厅的桌子“溢”得满街满巷。旅游季之后，等游人一走，小城又回到了它“百无聊赖”的状态，终年艳阳高照，跟巴黎像是两个世界。

德尔菲娜（Delphine）和盖尔拉（Gaëlle）就生活在这里。我在2015年来到法国，那时她们都刚刚20岁，是艺术学院三年级的学生。那年她们需要准备两场行为艺术展，一场在2月的摩纳哥美术馆，一场在7月的阿维尼翁戏剧节。

跟随她们的这段时间，我给自己的青春补了一课：生活可以这么简单——学校、展馆、好朋友家的派对，少年们终日聚在一起，玩游戏、做瑜伽、野餐、彼此观看。这个空间里充斥着波折与互动，像飞驰的火星和翻滚扭转的磁场，发出呼呼的暗啸。青春的终判还没到来，一切都很快，唯独时间很慢。可能这世上所有人的青春，都有这样一张过度曝光、暗潮汹涌的面孔。

我在国内时听惯并相信了一些说法，比如“法国女人很美很优雅”。我问德尔菲娜，法国女人美在哪儿？她笑了，说这个问题不应该问她，应该问“法国女人美”这一观点的受众，因为一个人的美自己是看不见的。提到“女性美”这个话题，法国女孩都会下意识地退后两步，显露出一种“被消费”或者“陷入了自我意识混乱”的状态。如果一定要回答，德尔菲娜会这样描述自己：你看，我最外面的一层是柔软的，但当你接近我，会发现我底下的一层很强硬，而再向下挖掘，我又变得很柔软。

德尔菲娜来自法国西部城市昂热。到阿维尼翁上大学前，她都在家乡和父母一起生活。她跟我说，那时候她特别想离开家，因为家乡的生活观念相对保守，人们对组建一个稳定的中产阶级家庭有执念，一个 20 岁的女孩如果还没有男朋友就会被认为有问题。与大城市不同，在这种放眼望去都是原野的小城，大家的日常生活被熟人层层包裹，多数人的观念甚至比法律更能成为人们信服的规则。现在她离开了家乡，也不想再回去。在艺术学院，她得以自在地生活和创作，还能整夜听重金属音乐。德尔菲娜长了一张小女孩的脸，思想意识却与外表截然不同。她叫自己“朋克棒棒糖”（Lolipunk），由“棒棒糖”（Lolipop）和“朋克”（Punk）两个词组合而来。我跟她讲了中国“画皮”的故事，说她是披着清纯人皮的鬼，她说她不吃人，最多只会露出自己的真面目，嘲笑家乡人口中的陈词滥调。

德尔菲娜跟我说，艺术学院的课程安排很自由，指导行为艺术的老师第一次上课就把大家带到森林里做练习。瑜伽是每堂课的规定动作，此外还有触感练习，比如拥抱一棵树，触摸一只蘑菇，或者蒙上眼睛，用身体间的磁场来感应同伴。与戏剧表演不同，行为艺术与文学的连接很少，也无须表演者模仿表层的情绪状态，每次练习的目的，无非是强化自己的存在感，即使表演的内容再诡异，也要从内心相信它，并为表演建立一个生态系统。一聊起热爱的艺术，德尔菲娜就会变得认真又严肃，仿佛在书堆里钻研多年的老学究，一点儿也不像这个年纪的女孩。

有时我会和德尔菲娜一起到阶梯教室上课。就算是看起来枯燥的艺术史，老师也不会以传统的方式讲授，而是从日本茶道一路讲到约翰·凯奇（John Cage）的无声音乐。

有一次我跟着德尔菲娜前往以马忤斯（EMMAÜS）购买创作需要的材料。以马忤斯是法国基督教公益机构，会举办公益集市。人们有不想要的旧物都可以捐到这里，机构会以低价将其出售，款项用于运转机构和帮助弱势人群。于是这里理所当然成了学生们的淘宝地，运气好的话可以淘到绝版海报、图书、乐器和精美至极的衣服和家具。买到材料的第二天，德尔菲娜前往学院的木材工作室开始创作。学院里有木材、金属、石膏等针对不同材料的工作室，工作室职员都掌握着各种工艺技能，学生可以更专注于想法和创意。职员帮助德尔菲娜处理了一块木板，这件作品的灵感来自日本木屐，德尔菲娜有感木屐区别于普通鞋子的特性，觉得它更像是身体本身的延展。

在一次行为艺术练习课上，我认识了德尔菲娜的好朋友盖尔拉，她是在阿维尼翁出生长大的本地人。盖尔拉喜欢逛教堂，但是不相信上帝，她很女性化，但不讨论女权主义。其实，当女权主义被“上纲上线”之后，便失去了它本来的意义。按照盖尔拉的说法，无论男人还是女人，都不应该从别人的眼睛里看自己，而是要用自己的眼睛看自己——看进去，扎进去，就像骨头扎进肉里，本就是理所应当的事。

行为艺术是盖尔拉近期才接触的艺术形式，对她来说，行为艺术是一种将自己身体仪式化的创作方式，在过程中，她清楚自己身体所在的位置，接受身体的感知，作为一个纯粹的体验者，而不会沦为被动消费的对象。

盖尔拉正在做的个人作品是关于人体（皮肤和外形）的改造，她的一堂艺术课几乎集合了世界上所有细思极恐的变形人体元素：文身、耳环、伤口等。这个水瓶座的姑娘往手上贴着蓝色的鱼鳞，要把自己变成一条鱼，然后再把鱼鳞直接揭下来。上一次的表演中，她在燃烧的红色蜡烛间旋转，成为一只脚上滴满红蜡的蝴蝶。

我说她迷恋这些伤痛的意象，她并不同意。“一个在脸上胡乱涂鸦的孩子，一个将自己的真实面孔藏进细密文身中的少年，都会延伸出一个有别于物质自我的意识空间。而伤痛和改造，只是让我认识到自己的身体可以达到的景深。”伤痛不是她的主题，身体本身才是她感兴趣的。盖尔拉跟我说，她的一个同学在完成作品时，真的把自己的嘴缝了起来，而行为艺术的“教母”玛丽娜·阿布拉莫维奇（Marina Abramović）用刀在肚子上割出了一个五角星。相比她们，盖尔拉说自己算是“小清新”了。对她来说，伤痛不过是一副躯体必须去承受的风险，是火焰中无法控制的随机性。每个部分的运转，动态里的稳态，都将身体带出了扁平的维度。这便与所谓“精致的皮相”划清了界限——她所经受、向往、流失和抹不去的种种，如同基因序列一样重要，是身体之上的细微雕刻。聊到这里，我意识到那种试图达到精致划一的美，对我们的身体和生命而言，是多么愚蠢。

这个在南法长大的女孩，全身都是晴天的味道，而另一种生命的可能性——寒冷、伤痛、暗无天日，是她的漂流幻境。待这个夏天结束，盖尔拉说她要去寒冷的北方，去法国北部终日阴雨的大西洋海岸，或者布鲁塞尔，或者更远一些，到魁北克去。

三个月后，阿维尼翁进入冬季，天气好的时候，我们常常漫步在罗纳河边，随性去往任意一个目的地。有时我跟在这些年轻人后面，总觉得画面似曾相识。一切都在进行中，场景不时出现大段空白，如同在一次聚会上大家都无话可说了，却留着音乐一直播放，窗外满天星光，地上全是啤酒和烟头。也可能这种似曾相识的感觉并非来自眼前的画面，而只是某种在所有生命之间循环往复的、短暂的电流。

（文后照片由刘耀楠拍摄）

“无论男人还是女人，都不应该从别人的眼睛里看自己。”

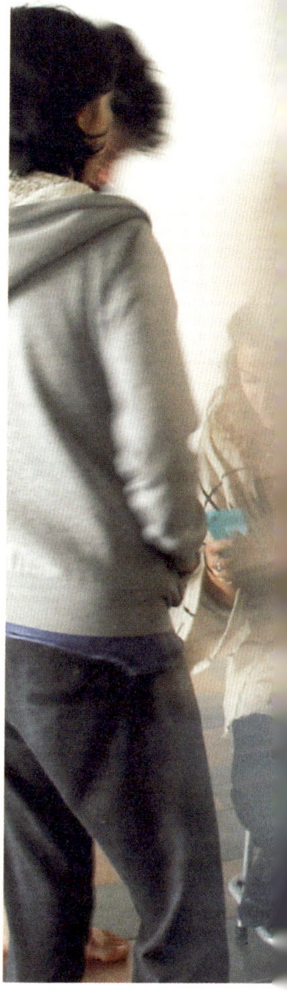

德尔菲娜（右三站立者）和盖尔拉（右四站立者）在行为艺术练习室。

德尔菲娜在回家路上。

德尔菲娜来自法国西部城市昂热，那里的生活观念相对保守，这使得她不想再回到家乡。德尔非娜长了一张小女孩的脸，却喜欢重金属音乐，她叫自己“朋克棒棒糖”（Lolipunk）。

德尔菲娜在课间休息。

2015 年 11 月 3 日，德尔菲娜在阶梯教室里听课。

德尔菲娜很喜欢艺术学院的氛围。除了在教室上课，行为艺术课的老师还会带学生到树林里观察植物，触摸不同质感的树皮，同时也留给学生充足的时间在练习室里交流和创作。

德尔菲娜在练习室里与同学讨论。

德尔菲娜到以马忤斯公益集市购买材料。

以马忭斯公益集市上的商品种类多样、价格低廉。

德尔菲娜准备处理一块木板。

德尔菲娜在构思某种木材装置，她带着前一天买好的材料来到了木材工作室。作品的灵感来自日本木屐，德尔菲娜有感木屐区别于普通鞋子的特性，觉得它更像是身体本身的延展。

学院木材工作室的职员在协助德尔菲娜完成创作。

盖尔拉（右一）在行为艺术练习室。

盖尔拉是德尔菲娜的好朋友，她们经常一起出现在行为艺术练习室中。这天的课程内容是一场即兴表演，同学们装作互不干扰，表演之间偶然发生的联系、呼应和风马牛不相及的对白都产生了出乎意料的幽默感。

德尔菲娜在练习室表演。

盖尔拉在练习室观看同学的表演。

盖尔拉在蜡烛间快速旋转。

2015 年 12 月 9 日，盖尔拉在测试她的作品《蝴蝶》。这件作品意图表达不确定性，整个测试过程中，她竭力旋转，脚下摆满点燃的蜡烛。

盖尔拉在行为艺术课上构思新作品。

整个下午，盖尔拉一筹莫展。

盖尔拉在课间休息时喝咖啡。

咖啡是同学们课间休息时的必备品。自动咖啡机中一杯咖啡售价 0.5 欧元，是最便宜的热饮。大家人手一杯，如果哪天所有人都闷闷不乐，那一定是咖啡机出问题了。

课间休息时同学们总有聊不完的话题。

盖尔拉和同学们在教室外吸烟。室内禁烟，阳光充裕的室外成了学校的“社交场所”。

盖尔拉在课间休息。

德尔菲娜正在下楼，准备回家。

在这次拍摄过程中，我问了德尔菲娜和盖尔拉一个相同的问题："法国女人美在哪儿？"她们都表现出了类似的警惕感——面对"女性美"这类话题，她们会下意识地避免"被消费"。

盖尔拉在即兴表演。

德尔菲娜等着盖尔拉给她做一个加蛋和培根的煎饼。法国煎饼跟中国豆腐脑一样存在着“甜咸之争”。

德尔菲娜和盖尔拉常在一起在看美剧。

2015 年 10 月 26 日，法国阿尔勒市郊，德尔菲娜、盖尔拉和朋友们在废弃厂房中举办烧烤派对。

废弃的厂房内布满了涂鸦。

这个位于高速公路边的废弃厂房是当地年轻人的乐园，这里临时搭建了滑板公园，涂鸦遍布。盖尔拉还带上了她朋友的狗潘迪（Pandy）参加烧烤派对。

盖尔拉在用铁丝网制作道具，等这个夏天结束，她说自己要去寒冷的北方。

2015 年 12 月 14 日，德尔菲娜在阳台发呆。老城的建筑不高，屋顶都铺着红瓦，这一场雨后，阿维尼翁的冬天就开始了。

瑞典

安娜和尼娜

寇爱哲

记者，曾任瑞典国家广播电台驻华机构制作人，长期致力于声音纪录片的制作与传播，创办了声音节目“故事 FM”。

我曾经在一家瑞典驻华新闻机构工作多年，离职后，2015 年 7 月，我去瑞典拜访前同事汉娜。汉娜生活在乌普萨拉，这座城市距离首都斯德哥尔摩只有 70 公里，是瑞典的基督教文化中心。瑞典大主教座堂——乌普萨拉大教堂就位于这座城市的中心，历代瑞典国王的加冕典礼和葬礼都在这里举行。

对基督教有一点儿了解的人都知道，在西方国家，基督教徒通常是最保守的群体。他们倾向于让女人扮演好在家庭中的角色，承担起相夫教子的责任；他们是坚定的同性婚姻反对者，认为同性恋破坏了上帝赋予人类的繁衍属性。

我一直怀有这种刻板的印象，直到汉娜把安娜和尼娜介绍给我。

7 月中旬，正是瑞典人休假的时节，汉娜组织了一次盛夏聚会，我和太太、安娜和尼娜都在受邀之列。那天我们吃了非常有意思的中东菜，大家都对鹰嘴豆泥赞不绝口。我们也聊起了在北欧的旅行计划，尼娜建议我们不要错过瑞典北部和东部的小城。

当时安娜 64 岁，尼娜 60 岁，两人非常健谈，都是教会牧师、乌普萨拉大学的神学教授。同时，她们还是一对已经注册结婚的同性恋者。

安娜-卡林 · 哈马尔（Anna-Karin Hammar）在牧师世家里长大，除了一个哥哥是律师之外，她的父亲和另外两个哥哥都是牧师。作为家中的女孩，安娜从小就注意到父亲经常吹嘘她的哥哥们，对她却没有那么关注。

18 岁那年，安娜决定成为一名牧师。那是在 1969 年。虽然 1958 年瑞典就开始出现女性牧师了，但这在当时仍很罕见，尤其是她的家族里还从未有过女性牧师。安娜的母亲对此表示出了强烈的支持。“我母亲告诉我，如果她能回到我这个年纪，她也会努力成为牧师。”最终安娜的父亲也接受了这个决定，并教会了她如何讲道。就这样，24 岁那年，安娜顺利获得圣职，成了家族中第一位女性牧师。

“其实，那时候我就感觉自己可能对女孩更感兴趣，但对此不太确定，直到我遇到了第一位伴侣。”

1976 年，安娜获得圣职的第二年，她把自己的性取向告诉了家人。家人在诧异之外，没有任何反对。“他们非常支持我，还邀请我带女朋友回家参加聚会。”

安娜和尼娜的故事，是在 20 年后开始的。1996 年，安娜到奥地利的一处度假胜地参加一个有关欧洲基督教女教徒的会议。在这次会议上，安娜第一次遇到了尼娜。交谈中，安娜发现尼娜认识自己一个刚刚过世的朋友。于是，会议之余，两个人一边散步，一边谈论死亡。话匣子打开之后完全收不住，她们决定在一起了。

尼娜 · 埃德加德 · 贝克曼（Ninna Edgardh Beckman）在斯德哥尔摩长大，父母都是精神分析师。和来自牧师世家的安娜不同，尼娜的父母都是自由派，不想给孩子灌输太多宗教思想，希望孩子可以自由选择信仰。从斯德哥尔摩大学新闻学院毕业后，尼娜顺理成章地成了一名记者。

在媒体工作10年之后，尼娜意识到自己对基督教感兴趣。认识安娜后，她回到大学进修神学，在2010年获得圣职成为牧师，2011年成为乌普萨拉大学神学院的教授。

在我惯有的认知中，安娜和尼娜非常特别——她们是女性，是同性恋，又能成为牧师，这在其他国家的教会中相当罕见。

这里有必要介绍一下瑞典教会。像其他欧洲国家一样，基督教在瑞典的历史进程中扮演着重要角色。16世纪的宗教改革使瑞典脱离了罗马教廷的控制，成为独立的国家。虽然近几十年来信众不断减少，但瑞典教会依然承担着人口登记等方面的政府职责。特别的是，在基督教被普遍视为保守阵营的背景下，瑞典教会却支持性别平权，为同性恋呐喊，成了自由主义的前锋。

前面提到，1958年瑞典教会就允许女性成为牧师了——要知道，那个时候的瑞典社会还比较保守，女性需要承担相夫教子的工作。如今，瑞典女性牧师在教会牧师中所占的比例更是达到了40%，这在其他基督教国家中也很少见。

安娜的哥哥K. G. 哈马尔（K. G. Hammar）曾是瑞典教会的大主教，

他在任时，任命了瑞典历史上第一位女性主教[1]。哥哥卸任的时候，安娜还参与了大主教的竞选，不过票数居于第四位，未能当选。瑞典现任大主教安特耶·雅克伦（Antje Jackelén）在安娜竞选的7年后成功当选，成为瑞典第一位女性大主教，创造了历史。

1986年到1990年，安娜达到了她事业的最高峰：她被选为日内瓦世界教会理事会的主任。在任期间她关注女性问题，去往各国考察当地教会和妇女团体。安娜上任之初正值“联合国妇女十年”计划（UN Decade for Women）结束，她立刻发起了“基督教会女性团结十年”（Ecumenical Decade of Churches for Women）活动。1995年，她还来到北京参加了第四次世界妇女大会。

瑞典教会对待同性恋的态度一直比较宽容，安娜和尼娜从来没有被不友善地对待过。尤其是安娜，她从一开始做牧师时就表明了自己是同性恋，教会也一直在背后支持她。2009年，瑞典教会任命艾娃·布鲁恩（Eva Brunne）为斯德哥尔摩教区主教，她是一位公开的女同性恋者。这在全世界是第一例。

再次见到安娜和尼娜是在乌普萨拉大教堂。周日的礼拜后，她们带领我和太太参观了这座教堂。尼娜饶有兴致地说起这座教堂内的圣

1　根据基督教主教制，数个教区组成一个教省，其主教长称为大主教，任命并领导区内各位主教。——编者注

母马利亚像与别处教堂的不同：曾有国王将自己的塑像放置在乌普萨拉大教堂内，马利亚像的眼睛望向塑像，似乎在说，哦，你为什么要强占我的位置？我们也分享了前几日在瑞典小城游玩的见闻——在一座教堂里，我们发现中间过道的地毯上有彩虹花纹。我太太前去询问神职人员："这是在欢迎同性恋者来教堂吗？"她得到了肯定的回答。

"基督教内部也充满了对同性恋问题的争论。尤其是近年来，很多神学研究者提出应对同性恋采取正面描述。"安娜认为，基督教需要直面这个问题。2013年出版的《爱在翻译中消逝》(*Love Lost in Translation*)一书就认为早期教会对《圣经》的翻译故意抹去了其中涉及同性恋的章节。

安娜的哥哥在任时也多次为同性恋者发声，呼吁给予同性恋者领养孩子的权利。"我不觉得哥哥是为我做这些的，因为他有很多同性恋朋友，他是为了所有人这么做的。"

瑞典教会为何成了性别平权方面的急先锋？这完全可以从瑞典社会普遍的自由派政治倾向中看出端倪。

从1930年到1990年，70年间，瑞典社会民主党在每一次选举中都能揽获40%—55%的选票从而当选执政党，成为世界上最成功的几个自由派政党之一。而在国会中，其占有多数席位已长达100年。

瑞典有很多促进性别平等的公共政策。安娜说："我觉得其中比较好的是产假制度。有一部分时间是预留给爸爸的，妈妈不可以用。”

安娜说的产假制度是瑞典社会的一大特色。瑞典的带薪产假长达480天，最重要的是，其中爸爸和妈妈各有三个月的强制产假。这样爸爸就不能把带孩子的责任单独丢给妈妈。所以在瑞典街头，经常会看到肩膀上带着文身的爸爸抱着孩子喂奶。

瑞典性别平权政策最大的受益方是家庭。无论男性、女性还是同性恋者，只要投身家庭，就会得到政府全方位的补贴。这让瑞典的孩子成了世界上最幸福的孩子。一大批崇尚自由的儿童文学作品诞生在瑞典，包括《长袜子皮皮》《小飞人卡尔松》及各种类型的绘本。

瑞典附近的几个国家——丹麦、挪威、芬兰，都和瑞典一样，在各种“幸福指数排行榜”上长居榜首，因而“北欧模式”被很多国家视为学习对象。在2016年的美国与北欧五国峰会上，奥巴马开玩笑说：“为什么不试着让这几个国家来管理世界呢？”

因为地处极北，瑞典有半年的时间笼罩在黑暗里，所以人们特别珍惜夏天的阳光。在我们去瑞典的7月份，几乎整个国家的人都在休假，安娜和尼娜也不例外，两个人放松地享受着自己的生活。尼娜有一个儿子，生活在瑞典北部地区，安娜和尼娜还驾车去和他相聚。

瑞典地广人稀，人口主要聚集在南部暖和的地方。2016年，瑞典的人口数量第一次突破千万——从人口方面来看，它绝对是个小国。

但瑞典人积极参与国际事务，欧洲难民危机的时候，按本国人口数量来说，瑞典是接收难民比例最高的国家。

安娜本人一直关注着巴勒斯坦的问题。她支持一个全球运动，全面抵制以色列意图占领巴勒斯坦土地的行为。“我已经访问了巴勒斯坦大约 20 次，我觉得情势正在逐年恶化。这违反了国际法，是在压迫巴勒斯坦人。”

虽然两人都已年过六旬，但是安娜和尼娜在事业上并没有松懈。作为乌普萨拉大学的神学教授，尼娜在做神学研究的同时也在培训牧师，而安娜则持续为巴勒斯坦难民奔走。

安娜认为，婚姻中最美好的部分就是陪伴与分享。“是的，我们俩都 60 多岁了，现在生活的重心还是在爱中成长——对自己的爱，对妻子的爱，对家人的爱，对外国人的爱，对见过的人的爱。”

（文后照片由寇爱哲、王家敏拍摄）

“我们婚姻中最美好的部分就是可以每天相伴，分享一切。”

安娜（左）和尼娜（右）在乌普萨拉大教堂。

认识安娜和尼娜是在朋友的聚会上，当天的午餐是非常可口的中东菜。

安娜和尼娜在聚会上聊天。

安娜和尼娜进入乌普萨拉大教堂，准备参加礼拜活动。

历代瑞典国王的加冕典礼和葬礼都在乌普萨拉大教堂举行。

安娜和尼娜手中的《圣经》。

礼拜后，安娜向我们分享了一段《圣经》，然后望向了尼娜。

礼拜后，安娜和尼娜点燃了祈愿蜡烛。

尼娜饶有兴致地介绍着教堂内的圣母马利亚塑像。

安娜在讲述乌普萨拉大教堂的历史。她神采飞扬，非常引人注目。

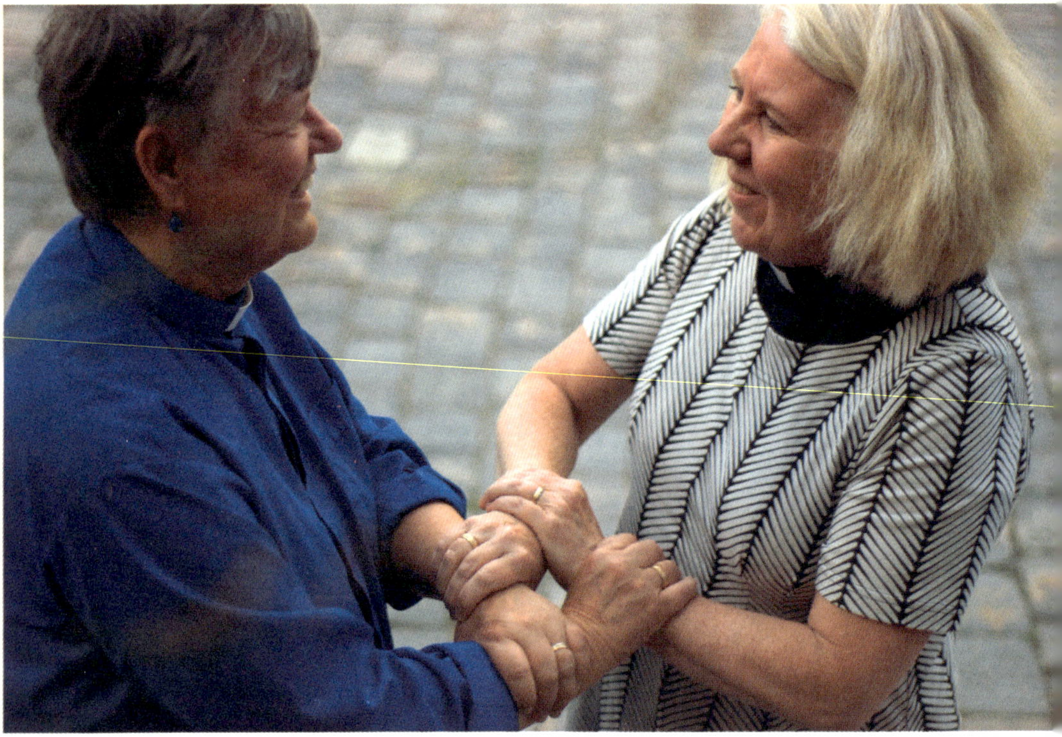

安娜和尼娜的“联盟”手势。

安娜和尼娜都是牧师，也是注册结婚的同性恋者，我问起她们如何看待两人的关系，安娜说，我们是一个“联盟”，两人随即摆出了她们的“联盟”手势。她们左手和右手的无名指上，分别戴着结婚戒指和神学教授的戒指。

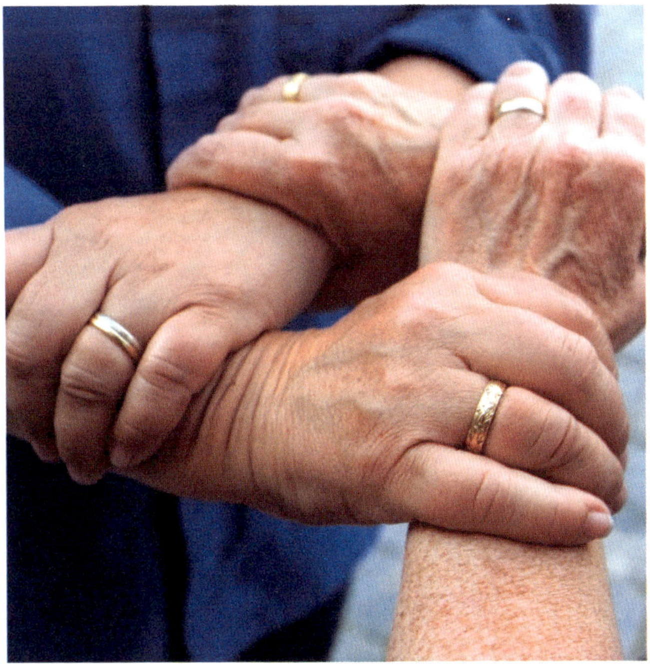

安娜和尼娜手上的戒指。

安娜和尼娜像顽童一样展示着自己的戒指。

安娜和尼娜在乌普萨拉大教堂前。

教堂门口，安娜和尼娜正在和朋友汉娜交谈。

安娜和尼娜在乌普萨拉生活了 20 多年，每周去做礼拜时总会遇到很多朋友。

安娜和尼娜带我们去家里进行下午茶（Fika）。

我问起谁开车比较多。安娜说：“你看见了，是尼娜。”

安娜来自一个牧师家族，照片中是她的祖父、父亲与哥哥们。

安娜去梵蒂冈学习时，得到了时任教皇的接见。

摆放在迎门柜上的合影，这是尼娜 50 岁生日时拍摄的。

安娜和尼娜准备了红茶和甜点，还带我们参观了这间并不算大的公寓。她们在一起 20 多年了，家里有很多承载着两人共同记忆的纪念品，墙上也挂满了家人的照片。

“我们俩都 60 多岁了，现在生活的重心还是在爱中成长。”

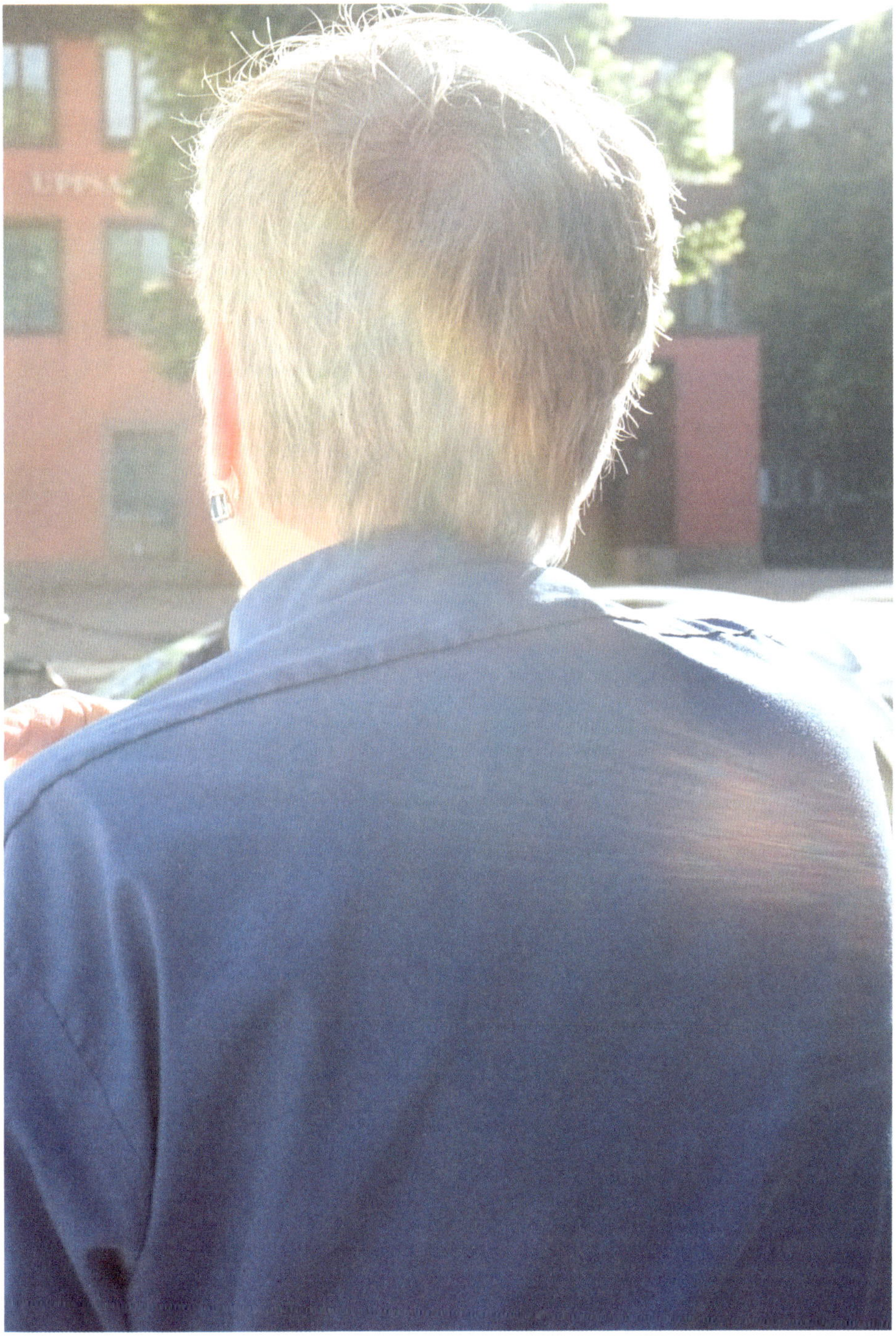

安娜在 7 月的阳光下。

美国

黛娜的摄影梦

吕近月

摄影师，现居美国纽约，2017 年毕业于纽约视觉艺术学院摄影专业，获得艺术硕士学位，其作品主要关注童年经验对个人成长的影响并探讨中国社会背景下的家庭情感关系。

2015年10月，明媚的纽约街头，约阿夫亲吻了黛娜，我按下了快门——就让这个场景作为讲述的开始。

黛娜·斯特林（Dana Stirling）是我在纽约读书时认识的朋友，我提出想以她作为女性故事的拍摄对象时，她半开玩笑地说，这是要拍摄一个“平淡故事”的样本了。我们走在纽约街头，在人群中穿行。我说：“至少也算是一个‘美国梦’的样本吧？”

黛娜27岁，是一名摄影师，同时在纽约视觉艺术学院攻读艺术硕士学位。这一次，她要成为被拍摄的对象了。有趣的是，这次的拍摄主题有关她的身份和性别，这个主题也是她长期以来的创作方向。

黛娜的父母在1988年从英国伦敦迁居到以色列，并于同年生下了她。黛娜在以色列度过了她的童年及青少年时期。出生在移民家庭，被夹在两种文化之间，黛娜从小就觉得自己像被困在围栏里一样。

黛娜说：“我的家里一直还保留着传统的英式礼节与文化，但是踏出家门后，接触的却全是以色列的风俗与文化。我的父母从未融入中东的文化，而我总觉得自己一半的文化特征来自父母，另一半却不自觉地被中东文化深深影响，这两种完全不同的文化所产生的交错影响让我至今仍处于一种身份不完整和不确定的焦虑中。我想正是这种从小就形成的身份不认同感，让我直到现在，在潜意识中也从不认为自己属于任何国家或任何文化。”

长大之后，黛娜翻看母亲珍藏的家庭相册，那些照片都拍摄于她出生之前，母亲还生活在伦敦的时候。“我的母亲把这些照片当作我们家庭历史的印证，我知道这些照片即使在多年以后依旧可以唤醒她对英国生活的记忆。我想，比起现在的生活，这才是她更想亲近并永久保存的记忆吧。”

在那些照片里，黛娜看到了很多未曾谋面的家庭成员，那些人依旧生活在英国或者早已去世，但是母亲从未提起。花费越长的时间在这些家庭照片上，黛娜就越发现，在母亲的心中，那段在英国的生活记忆始终熠熠生辉，而搬来以色列，以及自己出生后的生活却显得非常暗淡。“我在那些家庭相册中甚至很难找到自己的照片，仿佛这种对家庭的记录与回忆在我出生后就突然停止了。这让我跟家人的感情越来越疏远。有时候我会想这对于我来说不公平，但是我试图不让自己有这样负面的情绪，在我成长的过程中，我一直在努力寻找一种可以抚平焦虑和不安情绪的办法，直到后来我接触到了摄影，才终于感觉自己找到了出口。”

黛娜很小的时候就对写作很感兴趣，那时她的梦想是成为一名记者。但长大后她却意识到自己并没有写作的天赋。黛娜的爷爷和妹妹都会画画，而且非常有天赋，黛娜也想尝试，却一直没有找到合适的途径。她以为自己与艺术无缘了。

黛娜高中时，父亲送给了她人生中第一台相机，那是一台很普通的卡片机。之后那台相机就一直跟随着她，黛娜用它拍摄身边的一切：她的朋友、家人、家乡，也包括她自己。那时候黛娜才发现自己是多么喜欢摄影，摄影让她和周围的生活第一次如此紧密地连接了起来。因为有了相机的陪伴，黛娜的高中时光比童年要充实、快乐很多。摄影在黛娜的少年时期与她偶然相遇，并陪伴了她的整个少年时代。

由于以色列国土狭小、人口有限，以色列政府设立了符合本国国情的兵役制度，明确规定凡年满 18 岁的青年均应服义务兵役。所以高中毕业后，黛娜就在以色列教育青年军团服兵役。服役期间，黛娜的主要工作是在以色列圣经公园里给学生做专业讲解。回忆起那段时光，黛娜说：“那是一段快乐的时光。我很喜欢在圣经公园工作，那段经历让我对动植物产生了很深的兴趣，我在之后的作品中也拍摄了很多动植物，这是我看待世界的另一种角度。”

在服兵役期间，黛娜认识了现在的老公约阿夫·弗里德兰德（Yoav Friedlander）。起初黛娜并没有告诉任何人自己喜欢摄影，包括约阿夫，虽然当时他正在大学里读摄影专业。

后来，一次偶然的机会，约阿夫看到了黛娜拍摄的一些耶路撒冷老城的照片，他认为黛娜拥有摄影家才有的眼光，让她不要放弃摄影。黛娜这才给自己买了一台比较专业的相机，在约阿夫的帮助下，开始认真学习摄影。“那时我很开心，我终于找到了最适合自己的方式，来实现自己对于艺术的梦想。”

兵役结束后，黛娜在耶路撒冷的哈达萨大学（Hadassah University）学习影像传播，并在2013年取得文学学士学位。黛娜在以色列读大学期间，约阿夫已经去往纽约攻读摄影硕士。黛娜去纽约看他，他们计划了一次摄影之旅。那次旅行中，黛娜拍的照片比她在以色列拍的全部照片还要多。她觉得纽约就是她想要的城市，就是她一直在寻找的城市，这个城市的包容与多元，给了她无限的创作灵感。摄影之旅结束后，黛娜在本科毕业展上用了很多旅行中拍摄的照片，老师和同学都非常喜欢，很多照片被相继发表，这再次坚定了黛娜对摄影的信念。

大学毕业后，黛娜来到了纽约，和约阿夫生活在一起。但是这次来到纽约生活的感受和上一次旅行时却截然不同。黛娜说：“整整一年，我在这里无所事事。没有工作，没有朋友，那段时间我甚至无法拍照。我感到非常沮丧，非常迷茫。很多个夜晚我都独自失眠到天亮，我不确定我来到这里的目标。这个城市这么大，会集了世界各地的人，每个人都各司其职，而我却找不到自己的位置。又是一个失眠后的早晨，我为约阿夫准备了早餐，看他急匆匆地吃完早点，送他出门上学。当门关上的那一刻，我忍不住哭了。我知道生活在这座城市中的每个人都将开始忙碌的一天，而我却将迎来荒废的一天。我告诉自己，不能再这样消沉下去了，我需要想办法做点儿什么改变这种低沉的现状。”

黛娜终于鼓足勇气踏出家门，去往各种艺术画廊，询问是否有合适的工作岗位。但因为黛娜不是美国公民，所以她不可能在纽约找到任何有酬劳的正式工作。几经辗转后，她在一家艺术画廊找到了一份并没有报酬的实习工作。这成了黛娜在纽约振作起来的关键一步，她开始重拾生活的乐趣，在这个城市有了自己的朋友，同时积累了一些与艺术相关的经验。

经过那段苦闷挣扎的时光，黛娜决定重回学校，“我相信这个决定让我找到了在纽约继续生活下去的目标，同时让我更加专心于艺术创作”。现在黛娜的生活非常充实，除了在学校上课做作品之外，她也有一份比较稳定的与摄影相关的工作，同时跟约阿夫创立了自己的杂志《浮动摄影杂志》（*Float Photo Magazine*）。这份杂志挖掘了很多前卫艺术家，给他们提供了一个展示自己作品与想法的平台。黛娜说，她很享受做杂志的过程，虽然很累，但是因为这份杂志，她对摄影有了很多新奇的想法，开阔了眼界，同时认识了很多热爱摄影又有趣的朋友——她很享受摄影带来的一切。

谈及黛娜的作品，我问她会不会像很多中东国家的艺术家一样，更关注自己国家的政治文化背景。黛娜生长在一座小城马阿勒阿杜明（Ma'ale Adumim），城市位于耶路撒冷到死海之间，只有几平方公里。

这个区域在《圣经》中曾被提及，正是犹大支派（Tribe of Judah）和便雅悯支派（Tribe of Benjamin）的交界处。因为地处耶路撒冷和约旦河西岸，这个区域在归属问题上饱受争议。黛娜认为以色列的历史文化以及长期以来的各种冲突对国家里的每一个人都影响至深，但她自己是个例外，她的创作从未涉及以色列和巴勒斯坦的冲突问题。黛娜说："或许是因为我从未对这片土地有过真正的归属感——即使内心深处我很希望保护这片家园，即使身处遥远的美国，还是常常牵挂家乡。在我的国家，一些犹太女性的地位很高，她们接受了良好的教育，精神独立，思想独立，行为独立。但与此同时，一些正统的犹太教女性在思想上又非常男权，行为基本完全依附于男性。还有少数阿拉伯女性，她们的社会地位至今都非常低，受教育和参加工作的机会很少。而我的家庭教育告诉我，不应该过分强调女性和男性的区别。从小父母就告诉我，我可以做任何我愿意做的事情，他们在学习及爱好方面都给予了我极大的支持。在我刚刚决定要来纽约的时候，家乡的很多人都觉得我很鲁莽。在他们眼中我只是一个女生，即将一无所有地投奔当时的男友约阿夫，但我却完全不这么认为。"

事实上，黛娜认为自己勇于尝试融入一个全新的环境，投入这个让她拥有更多灵感、给予她更多包容的城市，这是每个女性都可以拥有的独立与自信。她也不认为投奔男友是一种依附或是一种损失。黛娜说："我们身处的社会，总是下意识地把女性定义为一种弱势群体，女性也容易因此产生一种缺乏安全感、寻求自我保护的心态。但我从未因为身为女性，而感觉自己面对了更多的挫折与阻碍。"

2016年开始，黛娜的摄影作品开始被展出。她并没有因为离开家乡而患得患失，"现在我拥有爱情，拥有自己热爱的事业，拥有充满激情的生活。哪怕遇到困难，我也会去努力克服，像每一个在这座城市中努力打拼的人一样"。

（文后照片由吕近月拍摄）

“我从未因为身为女性，而感觉自己面对了更多的挫折与阻碍。”

黛娜在纽约曼哈顿切尔西艺术区。

黛娜的作品大多关于童年和身份认同。

2015年9月，美国纽约曼哈顿，纽约视觉艺术学院教室的墙上贴着黛娜的摄影作品。她的作品大多关于身份的识别与认同。她用从跳蚤市场上淘回来的老照片，别人的童年照和家族照以及自己的摄影作品，构建出了一份关于自身归属感的童年记忆。

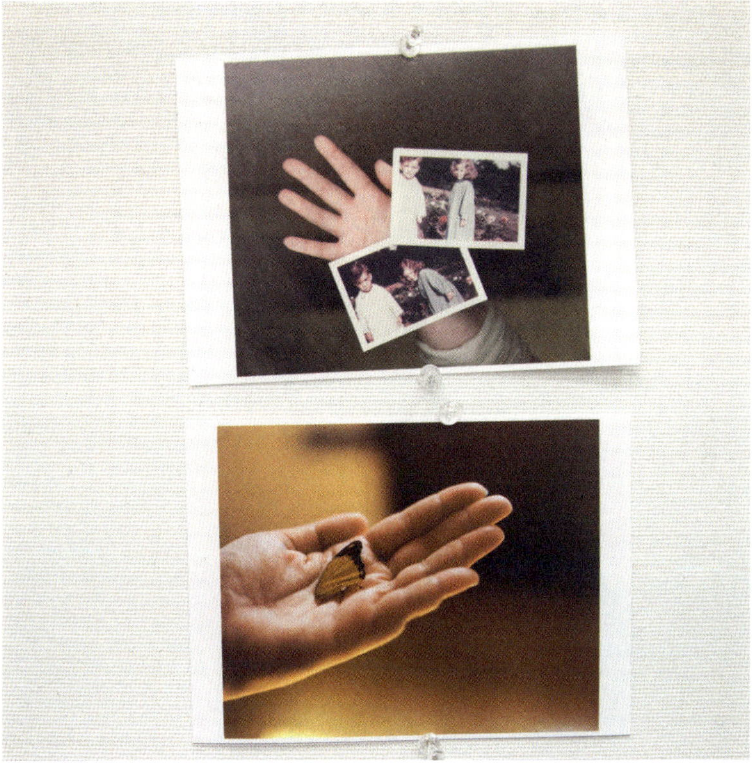

黛娜的摄影作品。

黛娜的童年照片。（由她本人提供）

黛娜服兵役时期的照片。（由她本人提供）

黛娜出生于以色列，她在母亲珍藏的相册里看到了很多父母在英国时的生活照，以及素未谋面、尚在英国的亲人留影，却很少发现自己小时候的照片。

黛娜居住在美国纽约皇后区的一所公寓中，她喜欢在家中读书或拍摄作品。

窗台上摆放着海螺，这是黛娜郊游时捡回来的，曾作为装饰物出现在她的作品中。

2015 年 9 月，黛娜在家中拍摄一只蝴蝶标本。

黛娜喜欢在跳蚤市场上购买动植物标本，或从纽约的郊外收集材料亲手制作，她的拍摄主题常与个体的生活环境相关。

黛娜在家中拍摄动植物标本。

2015 年 10 月，美国纽约曼哈顿，黛娜在跳蚤市场上挑选图书。

黛娜与约阿夫几乎每个周末都会去跳蚤市场，淘一些好玩的二手小物件。纽约有很多跳蚤市场，每逢周末就会早早开放，大多售卖古旧器皿、玩具、画作、书籍等，还有一些老式相机与老照片。黛娜作品中的很多老照片就来自跳蚤市场。

黛娜与约阿夫在跳蚤市场上挑选拍摄时用的小物件，黛娜拿的是老式柯达底片。

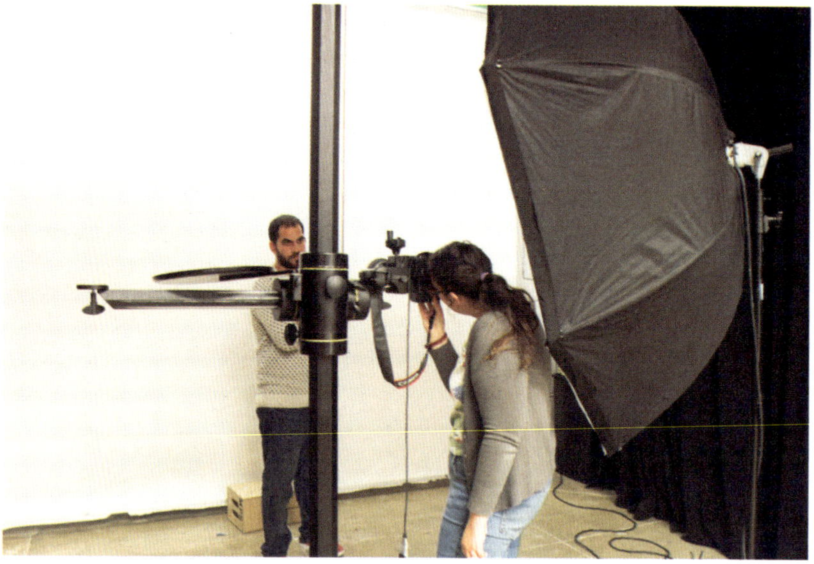

黛娜在纽约视觉艺术学院的摄影棚里为约阿夫拍摄展览的肖像照片。

黛娜与约阿夫共同创办的《浮动摄影杂志》。

在服兵役期间，黛娜认识了现在的丈夫约阿夫，当时他正在大学里读摄影专业。在约阿夫的帮助下，黛娜开始认真学习摄影。如今，两人成了密不可分的伴侣和互相支持的工作伙伴。

黛娜在纽约视觉艺术学院的教室里和同学讨论自己的毕业设计。

黛娜在教室里整理第二天上课时需要展示的作品

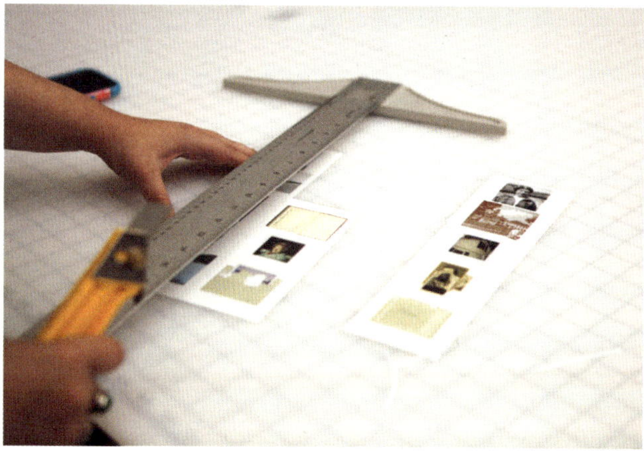

黛娜在纽约视觉艺术学院的教室里制作摄影书。

黛娜设计的摄影书。

黛娜回想起初到纽约时，有很多个夜晚她会独自失眠到天亮。“纽约这么大，会集了世界各地的人，而我却找不到自己的位置。”她认为回到学校是一个重要的决定——坚持摄影创作，是她在纽约继续生活下去的目标。

2015 年 10 月凌晨，美国纽约曼哈顿 23 街地铁站，结束了一天的工作并与同事聚餐后，黛娜在等地铁回家。

2015 年 11 月，工作之余，黛娜坐在纽约曼哈顿联合广场公园的长椅上喝咖啡。这是她常做的事情——看着城市中忙碌的人群，一坐就是整整一下午。

黛娜走在人群中。

黛娜在纽约曼哈顿切尔西艺术区观看摄影展。这里是画廊非常集中的地区，是纽约艺术爱好者的聚集地。

2016 年 2 月，黛娜的作品在中美艺术家交流展中被展出。

黛娜和朋友在展览现场。

“我从未因为离开家乡而患得患失，现在我拥有爱情，拥有自己热爱的事业，拥有充满激情的生活。”

约阿夫在纽约街头亲吻黛娜。

印度

佩尔的决定

朱 聪

国际商务咨询师，毕业于印度马德拉斯大学，在孟买生活 7 年，
足迹遍布印度 50 多个城镇，曾举办个人摄影展。

“你的画有一种明媚开朗的味道，没有任何束缚，是源于生活的艺术。看到这些画，我就对自己说，我一定要和你好好聊一聊。”

2011 年 6 月，佩尔 · 巴塔查尼亚（Payal Bhattacharya）举办了人生中的第一场画展。在画展上，她与未来的丈夫提瑞斯（Tirath）进行了第一次交谈。两人虽然是同窗 13 年的校友，在此之前却与陌生人无异。这次交谈中，佩尔给提瑞斯留下了深刻的印象。

佩尔是一个热情开朗的女生，很好交往，我在驻印度孟买工作的那几年跟她成了朋友。她的眼睛很大很有神，每次见面都会给我一张毫无保留的笑脸。

佩尔出生在印度孟买的一个普通家庭，家庭成员有父亲、母亲和妹妹，一家四口，快乐和睦。父亲曾是母亲的数学家教，他们是那个时代罕见的因自由恋爱而结合在一起的夫妻。佩尔的母亲曾是影视作品的配音员，业余生活中非常擅长绘画。受到母亲的影响，佩尔从小就喜欢画画。12 岁那年，一个偶然的机会，她接触到了西洋书法，惊奇地发现文字竟然可以呈现出如此不同的表现形式。她觉得这种艺术形式拥有一种非常特殊的魔力，可以让她创作出千变万化的漂亮字符。于是在进行油画创作的同时，佩尔开始学习西洋书法设计，但这类课程在印度很难找到，大部分时间她都在自学，却从未中断。

尽管印度是世界上最大的民主国家之一，但印度女性的地位还是很低。幸运的是，佩尔的父母亲十分开明，非但没有重男轻女，还坚定地支持女儿们的决定。高考后，学习成绩中等的佩尔非常幸运地被孟买的一所知名大学录取。虽然当时父亲的工厂正面临着严峻的考验，家庭条件拮据，但父母还是支持她去这所大学就读。从佩尔家到这所大学有 4 小时的路程，要换乘 6 种交通工具，父亲每天早上都骑着摩托车送她去渡口，在 3 年的大学时光中，日复一日，从未间断。佩尔坐船上岸后再转公交车或 Auto（印度常见的三轮车）去火车站，下了火车再乘坐 Share-auto（共享三轮车）到学院。周末的时候，佩尔也会和同学朋友们一起聚会娱乐。父母尽管比较开明，但依然要求她天黑前必须回家，并且与男生保持一定距离。

在临近毕业时的校园招聘会上，佩尔成功应聘为空姐，在航空公司实习了几个月后，她选择放弃了这份职业。毕业后，佩尔成了一名行政人员，她说自己非常热爱这份工作，只是作为一位女性需要承受很多争议与不便。有时因为对方听出了她是女性，电话刚接起就会被挂断或者被各种敷衍。之后她在父亲的牙刷工厂工作过一段时间，又在五星级酒店学习酒店管理，但这些工作似乎都没有为她带来成就感与满足感。2010 年佩尔与当时的男友分手，一时间生活变得混乱不堪，她一个人跑去了迪拜旅行，同时也想在那里寻找一份工作。在旅途中，她恰巧遇到了一位西洋书法设计师，在与设计师的交谈中，她重新找回了自己 12 岁时进行字体创作的激情。回到印度后，佩尔递交了辞职信，在信的结尾写道：我想我找到了自己想做的事。

“上大学的时候，我就有自己追求的生活方向。我知道女性在印度追逐梦想非常不易，但是我坚持不放弃，而且我的父母从未重男轻女，不管我想什么、做什么，他们都是我坚强的后盾，会微笑着支持我，对我的妹妹亦是如此。”

佩尔开始全心创作艺术字体和油画，天马行空地画出自己心中想到的一切。她说，如果参考太多其他画家的作品或刻意模仿，反而容易失去自我创作能力。开始创作的第一年，她就完成了超过 100 幅画。渐渐地，佩尔开始有了些名气，并开始准备自己的画展。

就在这次画展上，提瑞斯找到了佩尔，告诉她：“我非常喜欢你的作品，如果你想出售的话，请联系我购买。” 佩尔只是简单地回复了一句谢谢，并加了对方的脸书（Facebook）好友，之后就再没有了联系。后来，佩尔举办了第二次个人画展，并没有邀请提瑞斯。在脸书上得知佩尔再次举办了画展的信息后，提瑞斯有些不高兴，但还是联系了佩尔，请她到办公室商谈画作出售的事。佩尔简装赴约，这场她原本以为 10 分钟就能结束的会谈却进行了将近两个小时。谈话之后，她陷入了对提瑞斯的迷恋之中。

提瑞斯开始约佩尔喝咖啡，她盛装赴约，却得知提瑞斯有一位经家人介绍即将谈婚论嫁的女友。接下来的剧情走向很“琼瑶”：提瑞斯特别欣赏佩尔，一直说“佩尔非常迷人”（Payal is amazing）。两个人经历了纠结与迷惘，在2011年11月，提瑞斯终于决定向佩尔求婚，2012年2月，两人结为夫妻。

在印度，大部分女性都遵循着家庭的传统安排，安于现状，从“女儿”“妻子”“母亲”到“祖母”，顺理成章地完成人生中所有身份角色的转换，卑微的社会地位让她们忙碌一生却忽略了自己。印度女性结婚时要准备昂贵的嫁妆，因为大部分女性婚后不赚钱，需要由男方家庭供养。佩尔不想跟传统的印度女性一样，从让父亲供养变成让丈夫供养。

佩尔谈起了自己的妹妹，她18岁那年开始谈恋爱，23岁如愿做了新娘。“新郎就是她的初恋，她还和当初一样单纯幸福，现在她还成了儿童文学作家！我为她感到高兴，也希望自己能这样。”佩尔笑道，“真的，我想为自己做点儿什么，想为社会做点儿什么。”

佩尔婚后还在继续自己的创作。因为妹妹是儿童文学作家，姐妹俩开始了合作，项目从艺术字体设计延伸到了婴幼儿棉织品设计。2010年佩尔建立了艺术字体设计网站，2015年，她又创建了婴幼儿棉织品网站，2016年尝试在亚马逊网站上开店。2016年9月，佩尔很高兴地向我致电，告诉我店铺在亚马逊网站上的销售额突破了10万卢比（约合 1 万人民币）！如今她用心思考着该如何正式经营商店，同时创作的内容也越来越多样化，除了设计婴幼儿棉织品上的图案，她还会书写请帖，为杯子、牛皮、铜器设计定制图案，设计 Logo（品牌标识）等。同时，由于印度西洋书法设计的课程非常稀缺，佩尔在业余时间还会给小朋友开课，让更多的人了解西洋书法。

佩尔与提瑞斯二人经常去世界各地旅行，他们携手去过新西兰、泰国、阿联酋、加拿大、美国、日本等国。“我们会一起打开地图，规划目的地，不过我的执行能力比较差，所以行程一般都由他安排。”佩尔说完就甜甜地笑着，望向提瑞斯。

由于长期趴在地上创作，佩尔的背部和膝盖会受到损伤，以至于需要治疗和休养。提瑞斯会悉心照料她，并用他独特的冷幽默来缓解她的压力。佩尔说她喜欢小朋友，所以才会设计婴幼儿产品。但现在看来，她距离拥有自己的宝宝还有很长的一段路要走，因为膝盖没有办法承受全身的重量，加上背部的疼痛，怀孕的问题对佩尔来说一直是个困扰。提瑞斯知道佩尔的烦恼，总会安慰她：“我只要你就够了。”

从佩尔家的阳台，可以眺望到阿拉伯海。每天傍晚，这对夫妻都会坐在阳台上，看着夕阳余晖，聊天喝茶。

（文后照片由朱聪拍摄）

“我不想跟传统印度女性一样，让自己的人生从被父亲供养变成被丈夫供养。”

佩尔和她的画笔。

佩尔小时候的照片。（由她本人提供）

佩尔在介绍自己的家庭成员，并告诉我她父母自由恋爱的故事。

佩尔的父亲在生日派对上切蛋糕。

2016年秋天，佩尔邀请我参加她父亲的生日派对，宾客都是他们的家人和亲近的朋友。当天的晚餐由父亲掌勺，母亲和她在一旁打杂。

派对中的客人在愉快地交谈着。

佩尔和母亲都有着灿烂的笑容，墙上挂着佩尔的画作。

佩尔和父亲的关系非常好，他们背后的墙上是家族成员的照片。

父亲生日派对前，佩尔在制作生日礼物。

佩尔用西洋字体设计了父亲的名字，用激光将它刻在玻璃杯上。

提瑞斯对佩尔说，“你的画有一种明媚开朗的味道，没有任何束缚”。

2011 年 6 月，佩尔在人生中举办的第一场画展上认识了提瑞斯。2012 年 2 月，两人结婚了。他们经常去世界各地旅行，携手去过新西兰、泰国、阿联酋、加拿大、美国、日本等国。佩尔说：“我们会一起打开地图，规划目的地。”

夫妻二人的婚礼照片和旅行照片。

佩尔乘坐 Auto 外出买菜。

佩尔组建了家庭，开始面对很多家庭琐事，但她并不想做一个传统的家庭妇女，更不打算放弃自己的创作。

佩尔在超市挑选调料。

佩尔正在设计艺术字体。

佩尔的收纳柜里装满了画材。

佩尔在设计请帖上的字体图案。

佩尔在设计图案时，提瑞斯递来了一杯水。

佩尔的插画作品。

佩尔的妹妹是儿童文学作家，于是姐妹俩开始合作，从设计艺术字体延伸到设计婴幼儿棉织品图案。2015 年，佩尔创建了婴幼儿棉织品网站，2016 年尝试在亚马逊网站上开店。

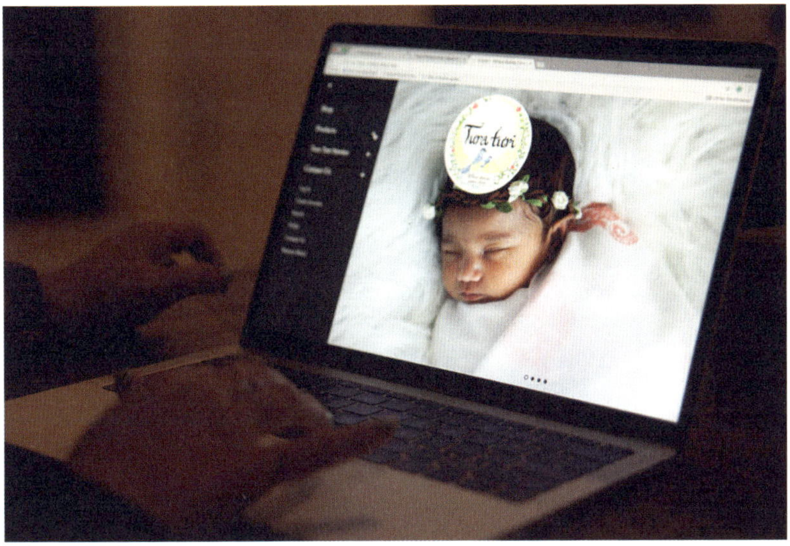

佩尔和妹妹一起在亚马逊网站上开了一家婴幼儿棉织品店。

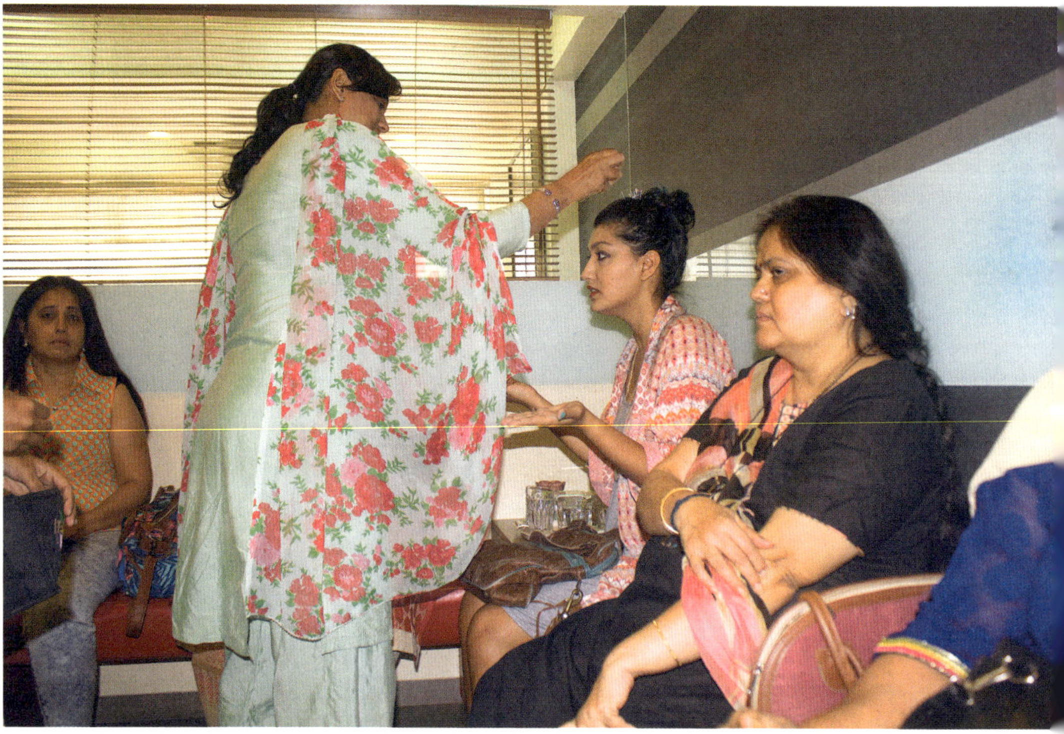

因为长期趴在地上创作，佩尔时常接受印度针灸理疗。

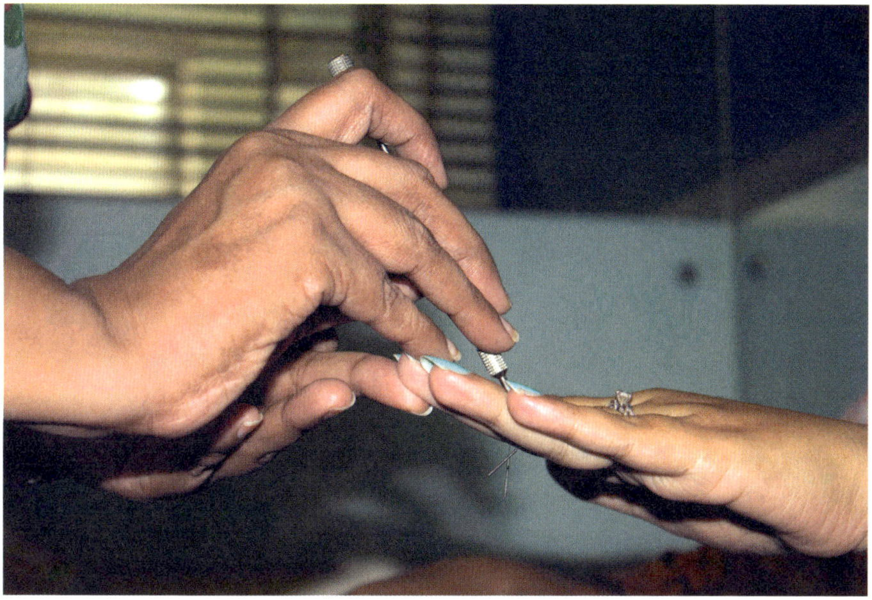

佩尔的头顶和指尖上插着银针。

从家里的阳台，可以眺望到阿拉伯海，佩尔常在这里设计图案。每天傍晚，她和丈夫会坐在阳台上，看着夕阳余晖，聊天喝茶。

古巴

路易斯和艾茉莉卡

李晓文

摄影师、独立纪录片导演，曾任凤凰卫视摄影记者，2015 年开始拍摄关于古巴移民的纪录片，热衷关注社会边缘人群，希望通过小人物的生活展现出社会的一个横切面。

2015 年 5 月，我从洛杉矶出发，和女朋友尼尼开始了一段摩托骑行之旅。6 月下旬我们从华雷斯入境墨西哥，计划穿越墨西哥全境，于 9 月到达墨西哥东部城市坎昆。这时，一则有关迈阿密与哈瓦那之间即将于 2016 年开通轮渡的新闻吸引了我，出于对古巴这个国家的好奇和向往，那年 10 月，我们买了单程机票，飞往古巴首都哈瓦那。

在古巴，除了走访著名景点，我们大部分时间都在哈瓦那老城里闲逛。老城的街道很狭窄，两侧大多是西班牙殖民时期的建筑，年久失修，有些破败。1959 年古巴革命胜利后，建立了拉丁美洲第一个社会主义国家，大量居住在老城的富有阶层撤离古巴，政府借此收回了他们的住房，把原本高大宽敞的房间分隔成狭小的多间住房分配给古巴人民。现在的老城人员构成复杂，大量的居民和游客每天穿梭在狭窄的街道和曲折的楼道里。因为室内空间狭小，街道变成了每一个家庭的客厅，大家开着门窗生活，并坦然迎接着游客的目光。整个老城像是一座富有生命力的博物馆，于我而言，则更像是一个主题乐园，有一个布好了景的舞台，每一个人都自然地接受着自己的角色。

路易斯（Luis）是我在老城中偶然认识的一位朋友。那一天，我照常一边享受着古巴朗姆酒一边在老城里闲逛，透过一座房子的窗户，一整面墙的盘子装饰吸引了我。古巴物资短缺，但人们依然会尽可能地把家里装饰得温馨，这满墙的装饰显得很特别，好像每一个盘子背后都有故事。大门开着，我冒昧地隔着铁栅门向内张望，想要看得更清楚些。这时主人正巧下楼看到了我。“Hola !”（你好！）他热情地招呼道，让我进他家做客。好奇的我应邀进屋，四处张望之后，还想要上楼看看他的卧房。短暂的交流后，他大方地请我上去了。我惊讶于整个卧室的粉色调和床头悬挂的巨大日式纸扇。路易斯敏锐地感觉到了我的疑惑，他拉开角落的挂帘，展示他的衣架，一排鲜艳的演出裙让我陷入短暂的沉默。我没有直接提问，但他想把事情说得明白些，于是在衣橱里翻出一面旗帜，披在身上，这是一面等身的彩虹旗。

“I'm gay.”（我是同性恋。）路易斯对我说。

这是我和路易斯相遇的经过。而后，我得到他的许可，以一个闯入者的姿态进入了他的生活，我们逐渐熟悉并成为朋友。

我在哈瓦那停留了一段时间。每天早晨，粮油店里挤满了排队领取小面包、鸡蛋、面粉的市民，大部分人只维持着最基本的生活水平。但古巴的小学入学率高达 100%，受过高等教育的人数占受教育人数的 57%，人人均可享受免费医疗——虽然教育标准比较低，免费医疗也存在资源浪费的问题，但这些依然让古巴人民感到自豪。正因为信息技术还不发达，他们有充分的时间与家人、情人、朋友交谈相伴。艺术在朗姆酒的催化下，就像这里的舞蹈一样热情浓烈。

第二次去古巴时，我再次拜访了路易斯，并为他拍摄了一组照片。

在此过程中，我对路易斯的性别认知从最初的“他”，逐渐转变成了“她”。

因为路易斯，我尝试了解这个加勒比海畔的社会主义国家里，LGBT[1] 群体的生活。

1979 年古巴就已将同性恋合法化，但现年 54 岁的路易斯成长于 20 世纪八九十年代，那时同性恋者依然是个惹人非议的群体。路易斯出生在距离首都哈瓦那 200 公里的一个小镇，这在全国高速公路总长只有 600 多公里，且公共交通糟糕的古巴，可算是距离首都很远的地方了。

大约 11 岁时，路易斯的一名女老师就察觉到他或许和别的学生不同，他本人也开始意识到，内心深处自己是一个女孩。

“那你是在什么时候选择出柜的呢？”我问他。

在 14 岁的某一天，路易斯与一名男老师发生了关系。小镇里消息传得很快，路易斯的父亲知道后愤怒地要去学校揍那个浑蛋。路易斯安慰父亲说：“爸爸，不要难过。”

“It's OK, I'm gay.”（没关系的，我是同性恋。）

青春年少时，路易斯经常穿着裙子在镇上的公园里和其他同性恋者聚会，同时面对来自警察的骚扰，这类骚扰一直持续到 1993 年卡斯

1　LGBT 指女同性恋者（Lesbians）、男同性恋者（Gays）、双性恋者（Bisexuals）与跨性别者（Transgenders）群体，由这几个单词的英文首字母构成。——编者注

特罗发表演讲称同性恋是自然的选择之前。随着2000年后古巴社会更加自由化，同性恋者的境遇才开始好转。

22岁时，路易斯下定决心要离开家乡，前往他一直向往的首都哈瓦那老城做一名舞蹈演员或歌手。“我从来都不觉得自己属于那座小镇，而且我离开后，他们就再也不会因为我而嘲笑我的家庭了。”

刚到首都时，路易斯独自一人经历了一段窘迫的日子。哈瓦那的朋友因为他是同性恋者而不愿意收留他过夜，他不得不睡在大街上。依靠舞蹈和歌唱的才能，路易斯在这个城市中安定了下来。他依然会在每周五去哈瓦那中城的一家歌厅演出，至今已有22年，许多老顾客喜欢去那里听他唱歌。工作时，路易斯会换上衣架上的演出裙和假发，以一个女性的名字称呼自己——América（艾茉莉卡）。

América是一个通俗的西班牙语名字，大家更容易记住的是它的另外一个意思“美国”。“或许是因为这个名字比较容易被记住吧，后来许多人叫我，嘿，América，我们邀请你来这里表演。”

“所以我再也没有主动去找过别的工作。”他递了一片刚切好的菠萝给我，盘起右腿斜坐在床沿上自豪地对我说。

“那么现在呢？在这里，附近的邻居叫你América还是路易斯？”我问。

“他们会叫我路易斯，只有在舞厅时我才会被人叫作América。不过邻居和朋友知道我的身份，知道我每周五会去演出，虽然他们并没有亲眼见过我化妆的样子。”

这个周五，路易斯在家里化好了妆并穿上了演出服，在邻居们的注视下，从老城出发到中城的歌厅去表演。

这是他第一次这样做。

（文后照片由李晓文拍摄，由王天尼后期处理）

这是路易斯第一次穿着女装出现在邻居们面前。

路易斯化好妆，前往歌厅演出。

古巴物资短缺，但人们依然会尽可能地把家里装饰得温馨。路易斯家中满墙的装饰显得很特别，吸引了我的注意力。

路易斯独自一个人居住，他正在准备做饭用的香料。

路易斯在家里吃晚饭。

路易斯在给妈妈打电话。

22 岁时，路易斯因为自己是同性恋者而离开了家乡。“我离开后，他们就再也不会因为我而嘲笑我的家庭了。”路易斯每天都会和妈妈通电话，他的家庭尊重他的生活。“我不管别人怎么说，我不在乎，他是我的孩子，我爱他，只希望他生活得开心。”路易斯的妈妈对我说。

经常有邻居来串门交谈或是借刀叉厨具。

桌上摆放着路易斯的照片。

卧室墙上的日式纸扇，是路易斯几年前在旧货市场上淘到的，他很喜欢。

卧室的衣架上挂满了演出用的服装。

路易斯正在梳理假发，不同的服装搭配了不同的假发，他最喜欢金色的。

化妆前，路易斯在臀部和大腿处垫上内衬，这样身材会显得更丰满。

路易斯穿上丝袜后，披上蓝色丝质睡袍，准备化妆。

这个周五，路易斯准备在家里化好妆并穿好演出服，从老城出发到中城的歌厅去表演。这是他第一次这样做。

路易斯正在涂抹粉底。

路易斯熟练地在假睫毛上涂胶水。

路易斯正在画唇线。

墙上是路易斯年轻时的照片。

“我曾经是‘交通堵塞制造者’。”路易斯发现我抬头看着墙上的照片，一边化妆一边害羞地对我说。他年轻的时候非常漂亮，马路上行驶的车辆都会为他停下。

路易斯正在画眉毛。

路易斯拿起扇子，让我为他拍了一张照片。

没有歌厅化妆间中其他演员的帮助，路易斯请来了一位邻居帮自己换衣服。

路易斯戴好了金色的假发，略显疲惫，我们陷入了短暂的沉默。

下楼前，路易斯披上了彩虹旗，对我说：“你得拍这个。”

开门的时候，路易斯才意识到，因为预约的出租车早已停在了门口，许多邻居正在街上驻足等待他出来。路易斯后来对我说：“其实我并不需要借助其他事物来定义自己。”

路易斯第一次穿着女装走出家门。

路易斯准备上车，邻居们早已在停好的车子旁等待。

FN

路易斯有些紧张，有位邻居靠近车窗说：“没关系，你很美。”

车子很快驶出老城，经过了古巴著名的海滨大道马拉贡。下车后，路易斯说，我感到很自由。

路易斯在歌厅的化妆间补妆。

涂指甲是化妆的最后一步，路易斯感觉自己是一个彻底的女人了。

歌厅的灯光聚集在 América 身上。

依靠舞蹈和歌唱的才能，路易斯在哈瓦那安定了下来。他依然会在每周五去哈瓦那中城的一家歌厅演出，至今已有22年，许多老顾客喜欢去那里听歌。这就是路易斯的工作，他会换上演出裙和假发，以一个女性的名字自称——América。

América 正在歌厅表演。

在最后一首歌里，América 唱道：“This is me, this is who I am.”（这就是我，我就是如此。）

演出结束后，路易斯取下假发。

路易斯脱光衣服坐在镜子前，安静地坐了一会儿。

工作结束后，路易斯吃了块比萨，在路边打车回家。